当代
中国
馆

岁月温度

黄吉文 著

中国文联出版社

图书在版编目（CIP）数据

岁月温度 / 黄吉文著 . -- 北京：中国文联出版社，
2017. 10（2023. 3 重印）

ISBN 978 - 7 - 5190 - 3204 - 3

Ⅰ.①岁… Ⅱ.①黄… Ⅲ.①散文集—中国—当代
Ⅳ.①I267

中国版本图书馆 CIP 数据核字（2017）第 260810 号

著　　者　黄吉文
责任编辑　王柏松
责任校对　李佳莹
装帧设计　中联华文

出版发行　中国文联出版社有限公司
地　　址　北京市朝阳区农展馆南里 10 号　　邮编　100125
电　　话　010 - 85923025（发行部）　　85923091（总编室）
经　　销　全国新华书店等
印　　刷　三河市华东印刷有限公司

开　　本　880 毫米×1230 毫米　　1/32
印　　张　9
字　　数　172 千字
版　　次　2023 年 3 月第 1 版第 2 次印刷
定　　价　85.00 元

目 录

第三辑　竹影摇曳

附　录

总　序

　　文学是绽放在人们心里的花朵，是展现在人们精神世界里的绿洲。它有一种神奇的力量，可以让浮躁者内心安宁，让空虚者灵魂充实，让消沉者精神振奋，让孤独者不再寂寞，让有为者更加奋进……

　　吸桂山灵气，沐万绿晨雾，聆东江雅韵，乘客家古风，源城区文学协会（现为源城区作家协会）于 2007 年元月，在源城这块古老而新兴的热土上正式宣告成立。多年来，她一直坚持以"出人才、出力作"为己任，想方设法通过各种途径和方式，积极联络、协调、服务会员及当地文学爱好者，使文人相亲、文人相敬、文人相融、文人相助，形成了团结和谐、富有活力的文学氛围。

　　协会会员用自己的心血和汗水，用饱含智慧和激情的笔墨，大力讴歌时代日新月异的巨大变化，全面反映人民群众多姿多彩的生活，创作了一批群众喜闻乐见、思想性强、质量较高的文学作品。这些文学之花虽非艳压群芳，却也秀色怡人，芳香四溢。

为贯彻落实习近平总书记在文艺工作座谈会上的讲话等关于文化建设的系列重要讲话和指示精神，大力弘扬社会主义核心价值观和中华文化精神、客家精神，展示源城区作家协会会员的文学创作成果和精神风貌，激发更多的文学界人士通过更多有筋骨、有道德、有温度的文学作品，书写和记录人民的伟大实践、时代的进步要求，鼓舞全区人民朝气蓬勃迈向未来，区作家协会特组织编辑"文韵源城"系列图书，按照成熟一本推出一本的原则，分期分步出版。这是区作家协会成立以来首次推出系列图书，这既是协会创作成果的一次总结和体现，也是会员代表作品集中接受社会各界检阅的一个良好机会。

但愿这套图书的推出，能对"文化源城"的建设起到添砖加瓦的作用。也希望区作家协会的全体会员和全区文学界人士成为时代风气的先觉者、先行者、先倡者，努力创作更多无愧于时代的优秀作品，彰显信仰之美、崇高之美，为丰富人民群众的文化生活，为推进源城文学事业的繁荣，为构建文化源城、和谐源城，做出更多更大的贡献。

区作家协会成立以来以及在本套图书的策划、组稿、编辑、出版的过程中，得到了有关领导和部门以及诸多人士的大力支持，在此表示衷心的感谢！

河源市源城区作家协会

序

□林奕涛

　　吉文来电并发来《岁月温度》书稿，要我为之作序。自古以来作序是神圣的活儿，给新书作序要么是位高权重的"官儿"，要么是红正当时的"角儿"。而我却位卑言微，接之诚惶诚恐，推之又真情难却，犹豫再三，最后还是答应了。由于俗务缠身，穷以应付，更因内存不足，才疏学浅，故拖了好些日子，有负吉文的信任。

　　上苍眷顾，赋予我和吉文的师生缘分。20世纪80年代中期，初出茅庐的我走进"柚子园"，开始了我的教书生涯。"柚子园"是老家县城附近一所初级中学的别称。这间简陋的学校是吉文所在乡镇最好的初级中学，说是最好，其实也是矮子中找高个，办学条件非常艰苦——吃饭难、喝水难、洗澡难、睡觉难、如厕难，非亲历者简直无法想象。老师苦中施教，学生苦中求学，当时在全县同类学校中还是小有名气的。那时还没有实行九年制义务教育，乡村小学毕业的孩子上个初中也不容易。吉文是以优异的成绩考上"柚子园"的，就这样我俩成了师生。吉文长得很瘦小，聪颖懂事、乖巧好学、勤于思考、成绩拔尖，深得老师和同学的喜欢。我当时刚开始教书，边教边学边悟，现在想起来那时教吉文一班人，套用一句客家俗语来说也只是"喜鹊教乌鹩，教去脚跳跳"我在"柚子园"教了两年书，便到外地进修去了。再后来，因为工作调动，我离开了家乡，吉文也考上了大学，到北方读书去了，师生各奔前程，默默祝福。

多年以后，当我再次见到吉文时，当年的小毛孩已经成长为领导干部，并且是当地颇有名气的"文青"了。我也从这个时候开始关注他的散文和诗歌，报上只要看到吉文的名字，我都第一时间先睹为快。一样的故土，一样的乡愁。尤其是读吉文的散文，不论是写古屋斜阳、故乡月色、北国春天、旅行散记，还是写亲情、友情、同学情、故土情，读起来都特别亲切和自然，熟悉和温暖，感同身受。这种感觉，就像你的面前放着一杯陈年的普洱，沁人心脾；仿佛有一份感动在你生命的记忆中悠悠向你袭来，氤氲弥漫，回味无穷。

在我看来，吉文的文人气质要比"官气"更浓些，这似乎与他与生俱来的客家基因和长期受客家文化的熏陶息息相关。客家先民来自中原，远祖多是官宦世家或书香门第，骨子里保存着"万般皆下品，唯有读书高"的传统思想，崇尚读书，重视教育，所谓"山瘠栽松柏，家贫好读书""不读诗书，有目无珠""养子不读书，不如喂头猪"。读书，是客家人告别贫穷，走出大山的不二选择；读书，是作为客家人有着神话般过去的唯一支点。书中的《百年老砚》就是很好的证明。

两年前，吉文要我写一幅字，内容是屈原《橘颂》里的"苏世独立"。这幅字一直挂在他的办公室里，作为他的座右铭。在物欲横流、喧嚣浮华的年代能做到"苏世独立，横而不流"的确难能可贵。而"苏世独立"的气质，可以从吉文的散文中得到印证。书中六十多篇散文有对生活的思考，有对亲人的思念，有对岁月的思索，有对故土深深的眷恋，更有对当下现实生活的独立思考和剖析。文如其人，我思故我在。

吉文的散文没有华丽的辞藻，没有炫目的标题，没有虚张声势，没有哗众取宠，平实质朴的文字，像故乡的小河涓涓流淌。这是真情的告白和情感的喷涌，是思想之花的绽放和智慧之火的燃烧，是岁月温度的印记和对人生的深刻感悟。"生命中有太多的牵牵绊绊和无法自主的东西，纵然有再多的眷恋与回望，我也无法接续已然断裂的脐带，再回到从前。"（《故园》）"再奇伟的风景，若不能触动你的神经，也只是寻常事物而已；再平常的风物，若能拨动你的心弦，就是美妙的风景。"（《路上就有风景》）"人生中的许多事情也是如此，兜兜转转，寻寻觅觅，迷于途中，困在局里，有朝一日才突然发觉，要找的东西竟然就在眼前。"（《童年》）类似这种朴实但富有哲理、深邃的文字在吉文的散文中随处可见。

记不清是谁说过的话：文学的高处永远是祖国，诗人的高处永远是故乡。没有故乡的诗人是可疑的。其实，吉文的诗歌与散文一样出彩。他的诗歌很有画面感，鲜活灵动，仿佛是一幅水墨画，给人以光晕墨染之感，格调明朗，节奏轻快。同时又是那样的清新隽永，那样的令人魂牵梦萦。

故乡，不仅是一种地理情怀，更是游子心中的精神港湾，在宛若行云流水的文字间浸透着吉文对这方水土的挚爱与钟情；故乡，不仅是扬帆起航的地方，更是吉文心目中的心灵栖息地，在这块栖息地上长满了童真，长满了憧憬，长满了热情，长满了思念。

习近平总书记在全国新型城镇化工作会议上强调："让居民望得见山、看得见水、记得住乡愁。"然而，当下，轰轰烈烈的城市化运动，使许许多多的村庄在挖掘机、推土机的轰鸣声中消失，历史的遗存和文化根脉，也正以同样的速度在消逝。吉文的散文刻写了乡愁、升华了乡愁。读着他的这些文字，我更觉得"留住乡愁，传承历史"应成为我们这一辈人义不容辞的责任，我们应把心灵深处那份最亲切、最柔软的情感，变成实现中华民族伟大复兴的中国梦的精神寄托和精神支柱。

"桐花万里丹山路，雏凤清于老凤声。"吉文还年轻，不管是事业还是文学都还有很大的提升空间。我真诚地希望吉文的人生道路越走越宽，文学道路越走越远。

是为序！

2016 年 4 月 19 日

于惠州西子湖畔耕读草堂

（作者系中共广东省惠州市委党校副校长，惠州市东坡文化协会名誉副会长、惠州市机关书画院副院长）

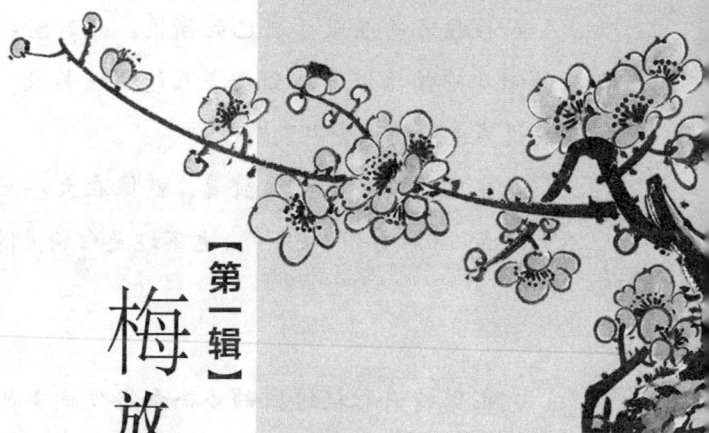

【第一辑】

梅放幽谷

生命中有太多的牵牵绊绊和无法自主的东西，纵然有再多的眷恋与回望，我也无法接续已然断裂的脐带，再回到从前。

（《故园》）

人往往容易屈服于自己的惰性，让时间和机会在来日方长的错觉中悄然流逝，到头来只能喟然长叹，捶胸顿足，甚或连说声遗憾的机会也没有了。

人生究竟有多长？往前看，就像在大洋里航行，茫茫然不见终点；往后看，即便百年，也不过是白驹过隙，弹指一挥间。

（《遗憾》）

我们保持着积极进取的姿态和奋发向上的朝气，正如柚子树，即或是旁逸斜出的枝丫，也坚定地伸往阳光的方向。

《《树之殇》）

再奇伟的风景，若不能触动你的神经，也只是寻常事物而已；再平常的风物，若能拨动你的心弦，就是美妙的风景。

（《路上就有风景》）

今人并不缺乏头脑，也不缺乏原料，所缺的是打造精品的诚心和耐心。

（《风雨老宅》）

故　园

　　轿车沿着平整的水泥路开进村里，没有惊动到任何人，连路上的母鸡也大摇大摆，一副见过大世面般的泰然。小孩子结伴到路边看车的光景，已作为陈年档案被封存于小山村的记忆里了。与小伙伴一起去离家二三里路远的公路边看车，是我童年的一大乐事。眼睛直勾勾地看着偶尔路过的汽车从远到近驶来，卷起漫天沙尘，留下柴油或汽油燃烧后让人陶醉的气味，慢慢消失在隘口，我的心也被带向了想象中的远方。那时常与我一起去看车的是一位堂弟。他后来在上初中的时候不幸遭雷击身亡，留下的是我对人生无常的慨叹和沉思。每当回老家经过当年我们一起看车的地方，我都会不由自主地怀念他，耳边隐约响起那首催人泪下的歌曲《天堂里有没有车来车往》……

村子是如此的安静，以至杂货店里传来的麻将声显得异常刺耳。虽说一年之计在于春，但除了野草铆足了劲大显身手以外，看不到太多生机勃勃的景象。

在城市人的眼里，农村代表着田园牧歌，拥有太多的诗情画意，但对于面朝黄土背朝天的人来说，城市是盛产钞票和好日子的地方，是无法抵御的诱惑。有头脑、有气力的人都放下了锄头扁担，到城里去谋求让自己及家庭能过上更好生活的机会。有条件的干脆举家搬进城里，脱去"农字外衣"，彻底与犁铧决裂。走不了的人家也只留下老弱病残，吃力地支撑着贫血的天空。

村子里看不到多少人活动的影子，倒是山上那些东一处西一处、修葺一新、刷得雪白的坟墓格外扎眼，给人以阴间更加热闹的感觉。死人以另一种姿态继续存在于村子里，阴阳两界远隔天涯又似乎近在咫尺。

曾几何时，乡间处处最不缺的就是人影，漫山遍野都是战天斗地的火热场面。如今连牛也不知奔向了何方，相处了千百年的耕牛与稻田，终于分道扬镳，只是不知谁走了阳关道，谁过了独木桥。

走在儿时常捉鱼摸虾的小河边，但见河里到处是各种各样的生活垃圾，五颜六色的塑料袋和发胀的死猪死鸡尤其让人触目惊心。以前人们在河滩随地挖沙成井，便可解决吃水问题，如今用来洗衣服都嫌脏，甚至下脚你都会思量再三，谁还敢吃这样的水？

我们世代享用的水井，是否还安好呢？这是山脚下一个四五平方米的池子，深约一米，是前人在石头与石头之间掏出来的。山泉从石缝中汩汩流出，日夜不息，取之不尽，用之不竭。井水冬暖夏凉，晶莹澄澈，大热天捧一口下肚，甘甜清冽，沁人心脾。井有暗道与下方一个小池子相通，这个小池子是人们洗菜浣衣之处，流出的水沿着水沟直达小河。

　　循着当年挑水的路径，已无法抵达水井，因为无人治理的塌方已将道路截成了两段。这是一条曾布满我脚印的崎岖小路，我无数次挑着水摇摇晃晃地走在这条路上，沉重的担子与我弱小单薄的身躯并不相称，小小的年纪我就深深地体会到了即便是水这样的东西也不是轻易能够得到的。只要不是数九寒冬，我几乎都是光着脚板去挑水，因为穿拖鞋易打滑，鞋也坏得快，唯一的解放鞋又舍不得穿，所以脚底经常有刺骚扰，锥心地痛。我们这些长在山村里的人，从小就是"挑刺"的行家。随便找来一根缝衣针或大头针，皱着眉头，像挖树苗般地把刺挖出来，根本没有消毒的概念，更不可能有所谓的麻醉。遇到刺得深的，特别难挑，只得请大人来施行"手术"。针尖在血肉里不断地挖挑，那种直透心窝、让人眩晕的痛感，实难以笔墨形容之。

　　这种世代沿袭的落后取水方式，直到我上中学的时候，才被我和一位堂兄终结了。我们在水井的上游高处另挖了一口小井，用长长的塑料管将水直接引到家里，人们终于告别了异常艰辛的挑水历史。百十年来，用管子引水取代人工挑水这样简单的问题，绝对不可能没有人去思考过，而且摊到各家各户的成本并不高，砍几担柴就可以实现，但怎么就没有人去做，而情愿每天历经曲曲折折的羊肠小道到一二百米远的地方一担一担地挑水呢？一万个日夜以来，我的脑瓜子想通过许多复杂的事情，但一直弄不透这个问题。我只能猜测，应该是普遍存在的人性中的某些弱点使然。

塌方将路径断成两截，正如某种东西隔断了我与故土的命运关联。我与故土的疏离，自从我年少负笈外出求学时起就已铸成。生命中有太多的牵牵绊绊和无法自主的东西，纵然有再多的眷恋与回望，我也无法接续已然断裂的脐带，再回到从前。

面对眼前的鸿沟，我只好选择走另一条小路。放开手脚生长的野草，肆无忌惮地将道路占据成自己的地盘，全然不顾一个游子的感受。好不容易在人头高的野草的重围中杀出一条血路，终于来到了记忆中的水井之处。可是，水井已"不翼而飞"！我慌忙拨开野草，但见水井已被山泥填平，只有两三块突出的井边石，标记着当年水井的方位，周围的一切也被岁月的刀斧砍削得面目全非，陌生得让我不知所措。下方的小水池、水沟也不见了，只有凄切的虫唱执拗地诉说着落寞和沧桑。可水流到哪里去了呢？我贴地倾听，听不到一丝水声。难道泉水也像我一样，选择了背井离乡？

人们在大张旗鼓地改变生活，大自然也在悄无声息地改变物事。像老井一样中落的，还有祖屋。这是一座上三下三两横屋的标准客家民居，高峰时曾经住了约十户人家，热闹得像个蜂巢。房屋内外的每一个地方，都是我们小时候游戏的战场，承载着我们快乐的童年。虽历经百年风雨，祖屋依旧傲然屹立，然而如今住户已全部迁离，空无一人，庭院长满野草，门窗日渐腐朽，一副破败之相。念往昔之繁盛，睹今日之冷清，不免感慨；思当年祖先建房之不易，看如今颓势之不回，更是伤怀。

有人以"只见新房不见新村"来形容农村普遍现象，甚为贴切。置身村中，举目四顾，的确可以看到不少近年来新修的红砖水泥楼，特别是那些外墙贴了瓷砖的小洋楼，与风烛残年的泥砖瓦屋构成了巨大的反差，就像考究的西装与破烂的棉袄，给人以强烈的视觉冲击。没有规划、监管缺失的农村建房就像狗拉屎般随意，这里一栋、那里一座，杂乱无章，即使同在一条道边，也是有的屁股相对，有的侧身相处，自认为"风水"怎么好就怎么来，尤为刺人神经的是那些被废弃的老屋，尽管老态龙钟、摇摇欲坠，但依然保留着自己的余威和地盘。新房建起来了，老屋尽管完成了历史使命，仍留着不拆，所以虽然外迁户数过半，但村里的新楼与烂屋都日益增多。倘若主政一方的官员能够解决多年来一直困扰农村的建房无序、建新不拆旧等问题，窃以为那是莫大的政绩，即使不能流芳百世，也足以名垂史册了。

在这种情势之下，房屋蚕食耕地是自然而然的事情。不少曾经的良田，如今长出的不是翠绿的水稻，而是形状各异的房子。我们村水田建房还不是最严重的，附近一个村三十年前后的强烈对比，我只能用触目惊心来形容。三十年前我曾去过这个村子走亲戚，那时亲戚家门前有一大片农田，绿油油的，让人油然生出对丰收的期待和未来的希冀；而三十年后旧地重访，发现稻田已几乎被杂乱无章的房屋所取代，零零落落的水稻倒成了配角。

农房的侵占，加之随处可见的丢荒，致使农村的实际种粮面积已大为减少。当年谁也不嫌地多，只要能开垦的地方都种上粮食或其他作物，连离家好几里的山旮旯的"托盘地""草帽田"也不放过，如今即便是家门口最肥沃、最易耕作的田地，也一片片地沦为杂草的乐园，让人难以想象那里曾经生长过绿油油的禾苗和金灿灿的稻谷。而随着城市和开发区无休无止的扩容，农村正以一个令人不安的速度在缩减，与之成反比的是，吃饭的嘴巴在不断地增加。人们将来吃什么？一些有识之士在发问。但这样的声音在高歌猛进的发展浪潮中显得微弱和孤立。

经济建设是最冠冕堂皇的理由，足以压倒一切嘈杂之声。估计没有几个人会反对经济建设，谁都希望自己的腰包越来越胀，但是票子并不是衡量发展质量的最重要指标。珠江三角洲城市不缺票子吧，但许多人倒羡慕起欠发达山区来——山好、水好、空气好，多好的环境啊！徜徉在青山绿水之间，他们由衷地感慨："这里就像人间仙境、世外桃源，山区的幸福指数高啊！"就像吃遍山珍海味的土豪，到头来还是大呼家常便饭才是最养人的。听起来似乎有冷嘲热讽的意味，但我不相信他们是违心的。在历经从贫穷到富足的生活之后，我们发现，物质的多寡优劣，的确不能代表幸福的真实水平。

人类是一群奇怪的动物，为了赚取票子，不惜大片大片地消灭植物及其领土，不惜把清澈的河流变成鱼虾都无法存活的墨汁，而后来又用赚取的票子、费尽心机去恢复绿色，去治理河流，但不管怎么样折腾，都难以回到过去。

在一个 GDP 冲动极为强烈的地方，大自然总是无可避免地遭受残酷的伤害，今日践踏的是松鼠的领地，明日消灭的是鱼虾的王国，而有朝一日毁掉的必定是人类自己的家园。关于人类终结的猜测有千万种，但我更相信人类是自己的掘墓人的论断。我曾在一首感叹气候异常的小诗里写道：

先知先觉的人说
是人类的胡作非为惹恼了老天
如果有一天人类毁灭
那么掘墓者定是人类自己
这是危言耸听吗
我不得而知
我仍然看见蓬头垢面的天空
我仍然听见森林消逝的呻吟

但愿这是书呆子的多愁善感、杞人忧天。
由于地处偏远的缘故，工业化的触角还没有伸到我的故土，所以这里只生长绿色的农作物，不生产白花花的银子，以致河流的童贞还没有丧失，空气也是旧日的味道，我不知道是该为之惋惜，还是为之欣慰。

2014 年 4 月 23 日写于河源

（原载 2014 年 9 月 19 日《河源日报》）

怀念北国之春

  在我们南国，春天往往是不经意地来，而后又悄悄地溜走，来得让人措手不及，走得让人毫无心理准备。常绿的乔木、灌木，使南国的冬天并不缺乏生机；经常可以短打出门的天气，模糊了南国冬春的界限。即使是数九寒天，我们目之所及，也是枝繁叶茂的树、郁郁葱葱的草，甚至迎风怒放的花，所以这样的季节似乎不是真正意义上的冬季。如果不看日历，我们有时会分不清自己究竟身处冬日还是春天。而暖热的天气、频繁的雨水，同样让南国的春夏界限不清，让人不知不觉间从春天跨进了夏天。

  北国的春天，却是另一番光景，另一类风致，另一种感觉。我曾在北国求学数年，亲历那里的几个春夏秋冬。北国春天之美，叫人难以忘怀。

北国春天的美丽，源于冬天的肃杀。

冬天，来自西伯利亚的凛冽寒风和冷艳得让人心悸的冰雪，几乎扼杀了大地上所有的生机。树叶全落了，只剩下空空的枝丫，无力地指向苍白的天空；草儿全枯萎了，有的在风中瑟瑟发抖，有的被碾成了尘土；鸟兽静静地蛰伏在巢穴里，无奈地守望着这个荒凉、沉寂的季节……时令更替，物换星移。

终于，冬天恋恋不舍、无可奈何地退出了已占据数月之久的舞台，春天这位风情万种的女郎，踏着碎碎的步子，款款走来。大地睁开了惺忪的睡眼，开始谋划一年的生机。冰封已久的河流，迫不及待地解冻，很快找回了往日的活泼和雄风。太阳逐渐恢复了元气，一改往日有气无力的模样，照在身上，已有了暖洋洋的感觉。风儿也收起了她剔骨尖刀般的冷酷，变得温柔可人了，吹过来，就像婴儿的手那样柔软，使人身上所有的毛孔都不由自主地张开。最能代表春天的是小精灵般的嫩芽，它们仿佛在一夜之间就神奇地从坚硬的土壤里钻出来，从光秃秃的枝丫间冒出来，在乍暖还寒的春风里摇曳，怯生生的，好像蹒跚学步的孩子，煞是招人怜爱。母校道路两旁的柳树叶子长得特别快，刚刚还星星点点的芽粒，转眼间便布满了枝头；原本小小的嫩芽，不久后就长成了小手指般修长的叶子。她们憋了一冬的激情，在春天发挥得淋漓尽致。鸟儿也不知从什么地方钻了出来，调皮地在树枝上蹦蹦跳跳，叽叽喳喳地唱着欢快的歌曲。春姑娘的巧手一招，那些我叫得出名叫不出名的花儿，赶集似的开放，以独特的芳香和迷人的笑靥向人们传递着春天最强烈的信息。

北国春天的美丽，还缘于天气的晴朗。

南国的春天常常一连几天阴雨绵绵，淡化了人们对春天的好感。那灰暗阴沉的天空，像心绪不佳的人紧绷的脸，紧得不透一丝阳光，让人甚感压抑。那细如毛发的雨丝，不紧不慢地漫天飘着，从早晨飘到天黑，从昨天飘到今天，直飘得人心烦意乱，如坐针毡。那空气的潮湿，仿佛手往空中一抓就能抓出一把水来。地板上、墙壁上、水管上全是汗珠一般的水滴，室内外所有物品都是湿漉漉的，让人难受至极。而北国的雨季来得甚晚，春天基本无雨。晴朗的天空如少女的明眸般清纯明澈，显得异常高洁，有一种摄人心魄的美。面对如此圣洁深远的天空，我想即使是卑鄙的灵魂，也会变得高尚起来。还有那干爽的空气，没有丝毫润湿黏糊的感觉，使人神清气爽、浑身舒坦。

蓝天下，和煦的阳光温情脉脉地抚摸着万物，温柔的风儿踩着莲步在天地间徜徉，婀娜多姿的垂柳在快乐地跳着舞蹈。一群群身穿五颜六色服装、朝气蓬勃的学子，或在教室、图书馆里用功，或在草地上看书、讨论问题，或在运动场上挥洒火热的青春。它们一起构成了一幅天地人和的美好图景，使人觉得春天萌动而有序，繁盛而和谐，热闹而不喧嚣。傍晚时分，草木、楼宇都被夕阳镀上了金子一样的色彩，显得神圣而高贵。沐浴着这圣洁的金光，享受着春天特有的芳醇气息，与二三知己携手漫步校园，眺熔金落日，看天高地迥，指点江山，纵论天下，我们觉得自己的灵魂也超凡脱俗，临风飘举了……

北国春天的温暖、繁荣、热闹与冬天的寒冷、败落、沉寂，北国春天生机盎然的绿色和冬天死气沉沉的灰白，北国春天的爽朗与南国春天的阴湿，都形成了强烈的反差，使北国的春天显得异常鲜明和绮丽，让我这个南方来客刻骨铭心。学业结束之后，我就回到了南方，从此再也没有跨过长江、黄河。阔别十年来，北国之春常常活跃于我的记忆和梦中，使我的天空多了许多亮丽的色彩。如今，又到了春回大地、草长莺飞的时节，我自然愈加怀念北国那美丽的春天了。

2006 年春写于河源

（原载 2017 年 4 月 28 日《中国安全生产报》）

尘外"碧玉潭"

　　据说，在桂山七礅水库上游数公里处的深山密林之中，有一挂颇有气势的瀑布。一个晴朗的日子，在一位熟人的带领下，我与朋友虔诚地去探访这"待字深闺"的胜景。

　　这里根本没有路，唯一的"通道"就是保持原生态的河流，河床中只有高出水面的石头可以作为落脚点。石头大小不一，形状各异，有的粗糙，有的光滑，旁边有人头高的野草，有纵横交错的树枝，稍不注意，就有可能被挂掉眼镜，或摔得脸红鼻肿，或撞得额头起包，因此我们不但要留神脚下，还得提防头顶。一路上，我们小心谨慎，如履薄冰，有时手脚并用，有时凌空跳跃，走得很惊险，爬得很狼狈，但心里丝毫没有不该来的后悔之意，反而充满探幽访胜的兴奋之情。

　　这样跌跌撞撞地走了一段时间，便听到了越来越响的水声。拐个弯，一帘雪白的瀑布就挂在眼前。瀑布落差不算太高，也不垂直，但由于水量很大，故显得十分有气势，熊咆龙吟，汹涌而惊雷，万壑为之震动。在瀑布的下面，是一个基本呈圆形的大水潭。潭水碧绿如玉，绿得诱人，在阳光的照射下，涌动着一层迷人的光，令人神情恍惚，真想融入这一池浓绿中，成为这碧玉的一部分，永远厮守着这个激情澎湃的瀑布。

在这样一个名不见经传的深山老林之中，这个水潭肯定没有名字吧，于是我自作主张地叫它"碧玉潭"。潭水清澈见底，其中石头历历可数，使人分明感到水潭胸无城府、襟怀坦荡。这纯洁的水虽非来自高山晶莹之雪，却是涌自叠嶂茂林之泉，它没有一丝一毫的污浊，如一块质纯无瑕的美玉。在人口拥挤、工厂林立的山外，哪里能够觅得这样清纯的水？捧一捧入口，清凉透心，荡气回肠，全身三万六千个毛孔个个舒展。那些身穿华衣的"矿泉水"之类，岂能望其项背？在这阳光灿烂、汗水津津的上午，我真想脱光衣服下"碧玉潭"里美美地洗个澡，洗去一身的热汗，洗去从山外带来的灰尘，但我生怕玷污了这纯洁的水，只好坐在石头上幻想着在这里沐浴的惬意。

"碧玉潭"的周围，是茂密的树林。这里本已地处深山，远离人烟，要不是在下游不远处要建一座拦河大坝，那么几乎无人会涉足此地。而树林这一天然的屏障，更使"碧玉潭"与世隔绝。无数的植物千百年来在静默地演绎着生命的故事，喧阗的水声永远重复着单调的旋律。水声是这里的主题曲，但仔细听，也会有鸟语虫鸣入耳，这些朴素的声音，更衬托出这里的僻静。这里没有半点斧凿的痕迹，没有一丝人类的印记，更没有半缕世俗的烟尘，真疑是神仙洞天。置身其中，让人"不知有汉，无论魏晋"，尘世里的喧嚣纠葛、烦恼不快统统抛到了九霄云外，只想化作一块石头，长久地留在这里，永远拥有这一份宁静、这一份超脱。但我毕竟生活在现实之中，为命运所驱使，有许多事情要做，不能在此久久地流连，于是不得不带着一丝遗憾告别"碧玉潭"。此时，我深深理解了王维为什么会发出这样的感慨："出洞无论隔山水，辞家终拟长游衍"。

　　人们往往习惯于到交通便利的景点去游玩，到游人如织的地方去观光，而喜欢探索、追求心灵宁静的我，则情愿承受路途险远去找寻那天造地设的心仪之处，去探访那鲜为人知的大自然神奇之景。宋人王安石在一篇游记里写道："世之奇伟、鬼怪、非常之观，常在于险远，而人之所罕至也。"这的确很有道理。若在那些往来方便、出售门票的地方，哪能觅得"碧玉潭"这样的佳处？能遇到"碧玉潭"这是我的幸运。那一汪如玉的潭水，那僻静的尘外之境，将长留我的心间。

1997 年 5 月 29 日写于河源桂山

（原载《河源文艺》1997 年第 5 期）

久违星空

因工作关系，夜宿远离人烟的群山丛中的一个水电站。凌晨走出房外小解，不经意仰头一望，心中不由一动：多美的星空！天汉灿烂，群星闪烁，像一大袋晶莹剔透的宝石，被随手抛洒在天幕上。星星在争相展示着各自的丰姿，不染一丝俗尘的天籁，在热情洋溢、不知疲倦地为她们伴奏。在这几乎与世隔绝的地方，在这连狗吠鸡鸣也没有的静谧氛围中，我却分明感到天地间热闹繁盛，洋溢着无限的生机……

记忆中，已经好久没有看过这么灿烂、这么迷人的星空了。

大学数年，晚上多是在自习室度过的。每天吃过晚饭后，便早早抱着一堆学习资料奔向教学楼或图书馆，生怕晚了占不到座位。熄灯铃响过之后，又步履匆匆地往宿舍里赶，回去练习英语听力、洗澡、洗衣服。路上，偶尔也会抬头一瞥苍穹，但被汉字、阿拉伯字和拉丁字母折磨得疲惫不堪的心，对月亮星辰已经漠然了。毕业后，在城市里谋生，住在高楼如森林般茂密的地方。站在阳台上，有幸看到天空，但那是一片非常可怜的狭窄的天幕，偶尔见到月亮的倩影或者几个眨眼的星星，算是一种奢侈的享受了。晚上有时会赶到办公室去加班，或到外面去访友、办事，但行色匆匆间，哪有闲情特意抬头欣赏星空。况且车水马龙、华灯璀璨的城市之上的星空，就像西装革履上的瓜皮帽，根本没有诗情画意可言。

小时候，是在乡下度过的。走出门外，便可拥有一个由群山"支撑"起来的星空。静静的夜晚，望着无数不停地眨巴着眼睛的星星，年少的心灵充满困惑，但是没有多少文化的大人们，并不能给我关于星星和宇宙的各种提问以正确的解答，他们能给予的只有猜想和神话。不过这些猜想和神话激发了我的好奇心和想象力，多年以后我喜欢上天文地理和文学艺术，也许与此有或多或少的关系。在没有什么娱乐，甚至连电也没有的乡村之夜，我常常凝视灿烂的星空，在神秘的天幕上驰骋着自己瑰丽的梦想。童年的我，坚信美丽的星空定会有什么奇迹为我而出现。星星，是我小时候常描绘的图画，直到今天，我有时还会下意识地在纸上划拉星星的图案；星空，是我小时候百读不厌的一本童话，直到今天，我还经常回味当年读它时那沉醉的情景。

如今，又在群山之中，我重新见到了久违的灿烂星空，就像邂逅一位阔别已久的老友，岂能不为之怦然心动，岂能不为之惊喜异常！我睁着一双惊诧的眼睛，贪婪地打量着向我眨着久别重逢之喜悦眼神的星空。星空还是一如往日的明眸善睐，一如往日的温情脉脉，我们之间似乎根本就不存在无数个日夜的分离，也没有几个城市喧嚣的隔阂。星空的深情和澄澈，令我感动不已。我久久地注视着迷人的星空，任由深秋的寒风吹打着我只穿单衣的身体，任由圣洁的星辉恣意地涤荡我的心胸……

在许多年以前，我不会想到拥有一个灿烂的星空是一件不那么容易的事情；也不会想到，见到久违的星空会让我激动如斯。

1997 年 11 月 4 日写于河源桂山

（原载 2017 年 7 月 16 日《湛江日报》）

怀念露天电影

　　小时候，一直生活在偏僻的小山村。在那个连电视机也难以一睹的年代，看电影对于我们来说是十分奢侈的享受。为了看一场电影，走上五六里的路，谁也不会嫌远，就是翻山越岭跑到一二十里外的地方去，也是很正常的事情。赶上这么风光的年代，电影也应该无憾今生了吧。

　　那时通信虽然落后，但关于放电影的消息，总是传得异常迅速，那些笨重的放映机器还没有抵达村庄，晚上有电影的喜讯就几乎传遍了全村每个角落。最兴奋的自然是小家伙们，蹦跳着奔走相告，巴不得天快点黑下来，好往电影场跑。

　　听到放电影的消息，村人早早就把地里的活儿干完，回家生火做饭。吃完饭后，一家大小，三五邻居，举着火把，打着手电，扛着长凳，拎着板凳，或者干脆什么也不拿，洒洒脱脱，踏着凹凸不平的田间小路，赶集似的走向高音喇叭咿哩哇啦、两根竹竿支起一块白幕布的地方。孩子们像是过年，呼朋引伴，大呼小叫，打打闹闹，好不开心。

那时乡村放电影，多是"上面"派电影队下乡巡回放映，或者哪家办娶亲祝寿之类的喜事用电影来增添喜庆气氛，都是开放式的，去的人自然就多，场面十分热闹。偶尔也有卖门票赢利的。虽然一场不过是一角两角钱，但对于钱要一分一分数着用的乡下人来说，这也是"不菲"的开支了，因此许多人只好选择"看蚊帐"了。小孩子要弄到一两角钱更是不容易，但电影的诱惑力实在太强烈，一些胆大者便各出歪招，各显神通。有的利用身体矮小的优势，瞅空趁乱从检票口混进去；有的想方设法从哪里找到一个缺口，神不知鬼不觉地钻进去；一位心灵手巧的伙伴则自己动手制造入场券，他伪造的"门票"还真像那么回事，在昏黄的灯光下达到了以假乱真的效果，以致屡屡得手，真羡煞了其他小家伙。

乡村放电影几乎都是露天的。在学校的操场上，在房屋前的晒坪上，把那些奇形怪状的家什往地上一摆，在场地边缘支起一块白布，便是一个放映场了。这样的电影场空气好，来去自由，具有城里影院所没有的优势。在如此"天造地设"之处，自然是不会有座位的限制，大家各寻其位，各安其座。有的坐自己带来的凳子，有的坐石块砖头堆起来的"宝座"，有的干脆蹲着或站着，各得其所，和平共处。看电影的同时，偶尔看看远处黑黝黝的神秘山林，听听四周此起彼伏的蛙鸣虫唱，迷迷离离，恍恍惚惚，既感神奇，又觉滑稽，自是别有一番情趣。

不过，露天"影院"既不能挡风，也不能遮雨。不巧遇到老天爷不高兴、翻脸不认人的时候，电影往往是半途而废，人群不欢而散，使人难过得彻夜辗转反侧。记得一次在村东放映《铁甲008》，开场不久，风云突变，电影里坦克隆隆驶来，天上竟也雷声隆隆响起，还未回过神来，雨滴便枪弹般噼噼啪啪地打在身上。一看大势不妙，大家一哄而散，夺路狂奔，那阵势就像英勇的"解放军"猛然杀来，心虚的"越军"仓皇溃退，抱头鼠窜。这场突如其来的变故，让我们这帮酷爱"打仗片"的小孩好长时间闷闷不乐。此后，我竟然再也未能看过这部影片，一直引以为憾。

我于舞勺之年背着简单的行囊走出那个群山丛中的小村子之后，曾在几个城市舒适的影院里看过不少电影，但都没有留下多少印象，而小时候看过的那些露天电影，却深深地镌刻在我的记忆里，岁月的风沙无法把它们磨灭。《铁道游击队》《渡江侦察记》《解放石家庄》《少林寺》等，这些曾经让我和小伙伴们津津乐道的影片，至今还经常浮现在我的脑海里。那些保家卫国、除暴安良、舍生取义、激浊扬清的感人故事，多少次让我热血沸腾、激情澎湃。那些我叫得出名字和叫不出名字的英雄人物，一直激励着我积极进取、自强不息。这些现在再也难得一见的或黑白或彩色的电影，丰富了我童年的生活，影响着我此后的人生，我一直心怀感激。

如今，时代不同了。乡下的孩子也可以舒舒服服地坐在家里，守着神通广大的电视机，想看什么节目就按神奇的遥控器，再也不用跑到十里八里之外的地方去看露天电影了，但遗憾的是，他们也体会不到看露天电影那特有的乐趣了。就像我们小时候自己在地里挖的红薯，虽然在火堆里烤得不生不熟，但吃起来有滋有味的，而现在的孩子，天天面对丰盛的饭菜反而没了胃口。

　　不久前的一个晚上，经过市区的一个广场，见那里正在放电影，心中立刻生出一种久别重逢的亲切感来，便走过去凑热闹。然而，看着四周搔首弄姿的霓虹灯和川流不息的汽车，还有身边那些或打电话或走来走去的心不在焉的观众，听着各种噪音组成的不绝于耳的城市交响曲，我丝毫也找不到从前的那种感觉了，大概是所谓时过境迁了吧。这却使我更加怀念小时候的露天电影。

2001 年 10 月 13 日写于河源

（原载 2002 年 8 月 10 日《河源日报》）

乡关何处

　　二十年来，面对别人"你是哪里人"的提问，我经常要犹豫一下才能作答，这倒不是因为我的身世复杂，而是家乡的行政区划变幻频繁，让人无所适从。

　　20世纪90年代初，我曾在北方上学。在学校，来自天南地北的同学、老师之间询问对方老家在何方，是很正常的事情。开始，我如实作答，说在广东河源市。不料听者几乎都是一脸茫然，他们在大脑里迅速搜索一遍之后，还是找不到"河源"两字，有的只好"哦"的一声敷衍过去，有的会饶有兴趣地进一步打听，有的则略显尴尬状。那时，不要说是外省人，就是我自己对"河源"这个名字也还有点陌生，因为默默无闻的河源县及其他几个县刚从惠阳地区分离出来，新设成了一个地级的河源市，大家不知道这个地方根本不足为奇。所以，后来我干脆说我是惠州的（原惠阳地区的行署设在惠州市），这样就省事多了，不用我费太多的口舌——惠州是历史名城，特别是与苏东坡有关，大家对其都有或多或少的了解。

对于外省、外市人关于我"出处"的提问，一般回答到市、县就可以了；回到市里工作后，对于别人的提问，则往往要回答到镇、村了。我那个村的行政区划真应了那句"合久必分、分久必合"的古话，常处于分分合合的状态。长期以来，那个村子叫×坑，后来分为×坑、×光，之后又合并了，多年前又分拆了，真有点"城头变幻大王旗"的味道。我想，那些做印章和招牌生意的人，是最希望看到这样的局面了。尽管×光这个地名已存在多年，但它并未深入民心，我们×光村的人仍习惯自己是×坑人的身份，特别是工作生活在外地者，更是不太喜欢×光的标签，所以作为×光村人，说到自己老家，×坑、×光有时会让我犯糊涂。

×坑、×光两个村的面积加起来，不过是十多平方公里，且其中绝大部分是山地，人口也只有二三千人。我实在不明白，这么小的地方，为什么要三番五次地分拆。这两个村的集体经济本来就差得不得了，一分为二之后，日子更是难过了，以致村委会的日常运作都成问题。地还是这些地，资源还是这样的资源，凭空多出一个村委会来，就意味着多了一套人马，至少增加一倍的行政成本，这与精兵简政的客观要求是背道而驰的。

村子分了，小学也就由一个变成了两个。我上小学的时候，是村子人口鼎盛时期，当时村小学有三四百名学生，这些年来由于实行较为严格的计划生育政策，且随着城市化进程的加快，农村人口锐减，村里适龄儿童已大为减少，却还要分成两个学校来读书，以致现在的班级规模与从前的私塾差不多了。如果把分散的资源整合起来，集中办一所学校，则对农村教育事业的发展应该是更加有利的。

比起这些显性的问题来，因地域之别形成的隔阂和矛盾所带来的影响则更为深远。以前，大家同一个村，就是一家人，有事好商量；现在则是邻村的关系，各人自扫门前雪，有好处的时候锱铢必较，要负责任的时候你推我却，要再现兄弟齐心、同舟共济的局面显然不易了。由于分分合合，且划分时界线往往是"粗线条"的，这就为日后的山林、田地的纠纷埋下了伏笔，一旦涉及土地的开发、产权变更、出租、征收和采矿等情况时，矛盾自然而然就爆发了。农村这样的矛盾纠纷极易引发群体性事件，相互吵吵闹闹，打打杀杀，恶化了关系，败坏了民风，影响了稳定。兄弟反目，手足相残，是最令人痛心的。

我的"村籍"是如此模糊，而"镇籍"更面临尴尬——三四年前，我老家所在的乌石镇与附城镇一起被整体并入紫城镇，此后的地图再也找不到"乌石镇"了，毫无疑问，作为镇名的"乌石"二字将逐渐消亡，若干年之后，恐怕只有在某部典籍里才能觅得它的踪迹了。如今，我在说起自己的"出处"时，往往得这样说："原乌石镇，现在属于紫城镇了"。

三镇合一，不但精简了机构，更重要的是有利于实现县城及周边广大地区的统一规划、建设和管理，大大拓宽了县城的发展空间，顺应了城市化加速的时代潮流，此决策显然是明智的。尽管这一举措改变了我的"镇籍"，但我是打心里赞成的。

2012年3月20日写于河源

（原载2013年5月13日《河源日报》）

遗 憾

　　家父去了，竟然没有留下一张"全家福"。这纯粹是我的罪过。父亲在世的时候，我曾经想过一家人要照一张合影，这是一个家庭可以永久留存在时光里的唯一形式。当初总觉得这是一件十分容易办到的事情，有的是机会，迟早都无所谓。等到父亲躺在床上迷迷糊糊的时候，此前看来那么微不足道的事情却再也办不成了。如今每念及此，总是懊恼不已。

　　人往往容易屈服于自己的惰性，让时间和机会在来日方长的错觉中悄然流逝，到头来只能喟然长叹，捶胸顿足，甚或连说声遗憾的机会也没有了。

　　我曾经有过许多计划，但后来都不了了之。二十年前，我的一篇征文获奖，报社奖给我两本书，一本是《唐诗三百首》，一本是《宋诗三百首》，爱好古典文学的我如获至宝，决定要把这六百首经典诗歌烂熟于胸。起初，我的确是很认真地阅读，每一个注释都不放过，力求把每字每句都弄得清清楚楚，然而后来事务一多，心想日后有空再读吧，于是就松懈了下来，相当部分我还未与之谋面的唐诗宋诗就被冷落于书架，不见天日了。书房里有两捆书，是我几年前买的中国古代名著，但也在我"不急，以后慢慢看"的意识里包装未解，积尘日厚。多年以前，我突然心血来潮，兴致勃勃地重拾自大学毕业后就一直失宠的毛笔，在茶余饭后凝神挥毫，自得其乐，可惜也在坚持不久之后即让位于尽情扼杀年华的诸多应酬了。

愿望如花，光阴似风。再隆重的花事，也抵御不了时光的淫威，那些来不及结果的花儿，只能黯然凋零，埋葬于泥土的记忆里。

一则短文曾罗列了人生需要尽快办的十件事，其中之一是要好好孝敬父母。你或许会不以为然：父母才四五十岁，日子长着呢，有的是机会，着什么急啊？你白天在外打拼，晚上在外应酬；解决了生计问题后专心于事业发展，事业上轨之后决意大展宏图；没有成家的时候忙于谈恋爱，当了父母之后把相当部分的精力都给了下一代；空闲时间不是上网、打麻将，就是与一帮狐朋狗友厮混……在你的不经意之中，时光一刻也没有放弃它流淌的执着。等到那一天，父母撒手西去了，你才突然想起，自己竟然没有为父母买过一件衣服，没有陪父母去看过一场电影，没有主动带父母去医院做过全面的体检，那个带父母到远方去旅游的承诺也还没有兑现……

面对父母的遗像，你只能在"子欲养而亲不待"的长叹中揪发捶胸，在"孩儿未能尽孝"的自责中泪流满面。

一位前同事的父亲在查出癌症几个月之后就去世了。这位同事言及此事，欷歔不已。他说，自己事业小有成就，孩子也懂事了，本应该让父亲享享清福了，不料父亲竟然得了这不治之症，而且这么快就走了，走得让他措手不及。现在想起来，还有许许多多当初自己应该为父亲去做、但想不到做或没来得及做的事情。"遗憾啊！哪怕多给我一天机会，让我多尽一点孝，也好啊！"他仰天长叹，语带哭腔，泪花闪烁，懊悔和痛苦之情溢于言表。

我经常提醒孩子："少壮不努力，老大徒伤悲。"孩子总是例行公事般地点点头，显然并未触动于心。一点也不奇怪，我在他那样年纪的时候，对这样的说教也不会有深切的体会。就在数年前，我还觉得有的是学习的机会，不愁学不到东西。年轻的时候，学东西可谓过目不忘，现在人到中年，不但事务繁杂，难以静下心来学习，而且记忆力明显衰退，看过的书没过多久就无太多印象了，现在才真真切切地体会到学东西确实是要趁年轻的。以前为什么不多学点知识呢？我问自己。

人生究竟有多长？往前看，就像在大洋里航行，茫茫然不见终点；往后看，即便百年，也不过是白驹过隙，弹指一挥间。20世纪80年代念小学的时候，老师经常让我们畅想21世纪，当时我们作文的结尾总要捎上21世纪以体现远大的志向，那时觉得另一个世纪是多么的遥远和神圣，就像天山上绚烂的雪莲花。但当站在新千年的门槛上回头一顾时，才猛然发觉背影里的一万个日夜不过是一转身而已，我顿感惊悚而悲伤。当岁月悄悄地把我推进"不惑"之年时，一激灵醒过来的我，一时竟不知所措——我的童年、我的少年、我的青年，都哪里去了呢？我曾经做过的许许多多绚丽的梦想，都哪里去了呢？

岁月无情，人生有限。人这一辈子不可能没有遗憾，但倘若多一些行动、少一些等待，多一些努力、少一些观望，则人生的枝头上必定挂上更多的果实，我们会收获更多的欣慰，而不是遗憾。

2014 年 3 月 30 日写于河源

（原载 2017 年 7 月 18 日《太原晚报》）

树 之 殇

    我在"微信"里建了个初中同学"群",取名"柚子园",因为"柚子园"在我们的心里就是母校的代名词。

    小小的"柚子园,,是这所地盘不大的学校的一部分,由几十棵柚子树组成。在学校里存在着这样一个果园,不论是过去还是现在,想必都是不多见的。这一片浓郁的绿色,与数百张朝气蓬勃的脸庞交相辉映,构成了独特的风景,成为校园里最能够触动人的视觉与内心的去处。每一位在这里学习生活过的学子,回忆起母校,都不可能不想起这个小小的园子和那迷人的绿色。

    告别母校多年之后,我重访旧地,竟然发现最惦念的柚子园已经荡然无存,连一丝痕迹也没有留下,心中遽然腾起浓重的失落感,时至今日仍耿耿于怀。站在"旧地"——但于我而言已完全是一个陌生的环境，一时根本分不清东西南北。不可否认，脱胎换骨的改造，让"重生"的母校变得十分漂亮了：崭新的楼房取代了落伍破烂的瓦屋，平整的水泥地板代替了凹凸不平的泥地，母校显得年轻而时髦。很显然，柚子园是母校"现代化"的牺牲品。我完全有理由认为，做出铲除柚子园这个决定的，应该不是成长于柚子园的人，或者当时其内心肯定经过无数次激烈的挣扎，毕竟他们面对的是这样一片盎然生机和一部几十年时光浸淫的历史。

当初的建设者不知出于什么考虑，栽种了这么多的柚子树，在校园里造就了这样一个果园。尽管没有吃过它的果实（柚子尚未成熟，就被调皮的学生和住校教职工子女摘来当足球踢了），但我们时刻在享用着它的绿色和精神。柚子树像乡下的孩子，粗生贱长，不用浇水不用施肥，顽强地生长着，尽情地展示着自然而倔强的生命力。在清苦的学习生活中，这片坚毅的绿色是我的精神支柱。面对泰然伸展的枝丫和笑傲风雨的蓬勃，青春的迷惘、空虚、烦恼、忧伤，都像是打在叶子上的雨水，或滑落于地上，或蒸发于空中，最后都消失得无影无踪。那时，我们天天吃着咸鱼咸菜，食难果腹，却胸怀天下，志在四方，保持着积极进取的姿态和奋发向上的朝气，正如柚子树，即或是旁逸斜出的枝丫，也坚定地伸往阳光的方向。

柚子园是开放式的，没有篱笆的围裹，师生们每天都与之零距离相处。清晨，勤奋早起的学子，呼吸着带露的空气，靠在树干上专心致志地读书；课间，好动的学子呼朋引伴，在树间追逐嬉戏；傍晚，夜修前的学子三五成群，在树下闲聊或打闹，一些住校的老师则在这里吹拉弹唱，开起了演奏会。柚子叶长了一茬又一茬，学生换了一拨又一拨，但不变的是浓郁的绿色和青春的身影。

绿树让人赏心悦目，让人内心宁静。柚子树与校道旁的其他乔木一起，构成了一道绿色的屏障，屏退了世俗的灰尘和浮躁，为学子们创造了洁净幽雅的环境，营造了可以专注于书本和修心养性的氛围。多少学子在这里划粥割齑，心无旁骛，勤奋攻读，日后成为栋梁之材、各界精英、成功人士。

在那些乔木之中，最让人景仰的是桉树，高大挺拔，气冲云霄，一副傲视群雄的姿态。老师经常教导我们，要长成参天大树，要做顶天立地的人。这些参天的桉树，就是我心目中神圣的图腾。几十年来，它们承受了多少风霜雷电，但始终安如泰山，枝繁叶茂，绿荫如盖，不折不弯，这是何等的坚忍与豪迈啊！它深褐色的身躯和一枝一叶，都布满了我由衷的敬意。

最让人亲近的是桐树。每当开花时节，那些在密密匝匝的枝叶间成群结队地冒出来的花朵，使平淡的天空陡然增加了几分亮色，它们散发出来的馨香，雀跃地穿过教室的窗户，直往人的鼻孔里钻，扰动着我们的心。下课铃一响，我们就迫不及待地跑出教室，扑到桐树下。只见那些不安分的花朵，旋转着飘落下来，忽左忽右，像调皮的孩子，我们争相伸手去接，接住了之后就送到鼻子前闻一闻，那浓浓的香气沁人心脾。两三天之后，地上铺满了落英，像是花儿编织成的地毯，圣洁得让人不敢下脚。多年以后，当我徜徉在北国之冬，看着天空中纷纷扬扬的雪花，竟然会产生桐花飘零的错觉。

然而，不仅仅是柚子树、桉树、桐树，所有我叫得出名、叫不出名的乔木，如今全都不知去向了，甚至连它们存在过的痕迹也没有了，就像我在这里度过的数年清苦而充实的日子。

消灭这些树木，自然有堂皇的理由，但一定要斩尽杀绝，片甲不留吗？曾经耳闻，某地新修一条公路，为保护几棵百年老树而断然调整线路走向规划。这个充满温情的英明决定，让我肃然起敬。在我看来，对一棵树的尊重，就是对自然和生命的尊重；能与自然为友，必定能与人为善；多一分爱树情结，就会多一分人文情怀。学校是注重人本、培育仁爱的圣地，不应该是刀斧胡作非为的场所吧？

一棵树就是一个地方的年轮。不论是柚子树，还是桉树、桐树，都承载着数十年的光阴，凝聚着母校筚路蓝缕的历史。干净利落的砍伐，粗暴地将母校厚重的历史一笔勾销，将默默流淌着时光的脉络一刀了断，使母校就像这么一个人：一觉醒来，发现来路居然不见了，茫然四顾，不知自己来自何方。一所失去历史和传统的学校，让人觉得是如此幼稚、如此肤浅、如此迷茫。

二十年前，我曾私访过北大、清华、南开等百年名校，最能拨动我心弦的是枝繁叶茂的老树和古香古色的建筑所折射出来的厚重的历史积淀和浓厚的人文氛围，正如一位饱学之士举手投足之间自然流露出来的儒雅高贵的气质，让你由衷地尊敬和折服。这是经过长年累月的发酵和窖藏，才酿得的一壶醇厚之酒，在细斟慢酌之中，你的心境会变得特别平和，你的心情会变得特别愉悦，你的灵魂会变得特别澄澈，你的理想会变得特别高远……倘若给你足够的本钱，你或许可以原原本本地再造一个北大、清华的校园，但我想你怎么也不可能复制它们的历史积淀和人文气息。这就是陈年老酒的独特魅力。

老树被满门抄斩之后，平整的水泥地面覆盖了一切粗暴的证据。一个只有坚硬的地板和同样坚硬的楼房、没有了婆娑树影的校园，虽然整洁端庄，但就像充斥着流水线的工厂，缺乏温情和生机，缺少自然和人文的气息，滋长着浮躁与冷漠的情绪。站在不算猛烈的阳光之下片刻，我就明显感觉到有热浪自水泥地板涌起，嚣张地挑衅着我的耐力。这时，我是多么怀念从前的绿荫，那种即使是在最毒辣的日头下也能庇护你的绿荫，那种你远远地张望就能消去心头不少燥热的绿荫！可惜，环顾四周，只有几株新栽的小树，小得让人几乎忽略了它们的存在。我只能默默地祝福它们茁壮成长，尽快长成参天大树，还母校以盎然绿意和如盖绿荫。

2014 年 9 月 5 日写于河源

（原载 2015 年 4 月 19 日《惠州日报》）

故乡明月

今夜月明人尽望，不知秋思落谁家。

——题记

又是一年中秋夜。我没有出去赏月，而是待在家里看电视中秋晚会，听有关月亮的歌曲。在我的意识里，月亮是属于乡村的，与城市似乎格格不入。在灯火通明的钢筋水泥丛林里看月亮，就像透过金碧辉煌酒店的窗户看到一畦菜地，有一种怪怪的感觉。与其自找这种别扭，不如窝在屋子里，漫无边际地怀想故乡的明月和中秋节。

上初中之前，我目之所及就是环绕村庄的群山，所有中秋节都是在巴掌大的天空之下度过的。天色渐渐暗下去之后，浑圆的月亮就像一出戏中的主角，在大家期盼的目光中，慢慢地从东边的山头升上来，让山村的夜晚顿时生动起来。不知何故，同是这个月亮，在中秋节时却显得格外妩媚和靓丽。

吃过晚饭、拜过"月神"之后，人们就在门前的晒谷坪上支起桌子，摆上月饼、花生之类的食品，一家人或一群邻里围坐一起，赏月，吃小食，拉家常。皎洁的月华照耀着难得的惬意，清凉的秋风拂过一张张舒展的脸庞。

　　年少不解月，也没有久坐的耐性，我和小伙伴在吃饱月饼之后，便满村地追逐打闹，天真无邪的笑声在小山村里飞扬回荡。月光像一只神奇的探照灯，把乡村的每个角落都照得一清二楚。当初我怎么也弄不明白，天上这个据说离我们有十万八千里、看起来还没有脸盆大的"光盘"，为何能够照亮地上的山山水水。

　　同样不太明白的是"月是故乡明"这句诗。直到离家在外读书的那些年月，我才掂量出了这句话的分量，才清楚月与家是如此的紧密相连。还是这样的月亮，似乎没有什么不同，但仔细看，感觉与故乡的又有区别，区别在哪里，却又说不出来。在这样的纠结当中，乡愁就像不断加深的秋色，让人愈发眷念和惆怅。我想，不是思乡心切、愁眉紧锁的游子，是断然不会写下此般诗句的。

　　特别是在北国求学的四年里，家远在五千里之外，周围的一草一木都与家乡迥异，思乡的情绪更是强烈。父母一定在念叨着我吧，我亲手栽种的桑树一定又硕果累累了吧，我儿时的伙伴都哪里去了呢……有时午夜梦回，看着窗外皎洁的月色，我恍惚置身于静谧的小山村里。群山之上的那轮明月，此时正照耀着我熟悉的山川田野，照耀着草尖上晶莹的露珠，照耀着父亲那雄壮的鼾声……

前年，遵照父亲的决定，我们举家回故乡过中秋节，这是我们家迁离故土近二十年之后，第一次在老家过中秋节。在县城吃过晚饭逗留一番之后，我们驱车回到乡下老家。此时，在老家已算深夜了。

下得车来，我就迫不及待地仰望天空。但见一轮皓月，在几片轻纱似的云彩的捧托之下，踩着莲步，含情脉脉地注视着宁静的小山村，路边的草木温柔地舞动着枝叶，与之遥相呼应。阔别二十年之后，又一次见到故乡的明月，心中不由地涌起莫名的感动。

我们沐浴着圣洁的月色，沿着溪边小路走向自家的庭院。小路原本是一条主村道，纵贯全境，后来主村道南移，加之这些年来人口外迁严重，这条路上的足印便日见稀疏，以致野草放胆地从两边包抄，几乎将路面占为己有了，好在明月如灯，将村庄照成了白昼，我们可以将坑坑洼洼尽收眼底。搀扶着病入膏肓的父亲，我明显感觉到他步履的沉重和身体的虚弱。在历经手术和伽马刀治疗之后，父亲的病情暂时得到了控制，但我深知其体内已转移的癌细胞很快就会发起总攻。尽管我们瞒着他的病情，然而他或许已从每况愈下的健康状况觉察到了什么，所以虽然有些力不从心，但还是执意要回老家过这个中秋节。秋风中，父亲的华发在微微地摆动，就像他那摇曳的生命之火。这一段几百米的路程，让我觉得走得异常苍凉和悲壮。

推开屋门，月色立刻雀跃地扑了进去，比我们回家的心情还要急切。我们取出月饼、水果、酒水之类的供品，整整齐齐地摆在客厅的供桌上。父亲拖着摇摇晃晃的身躯，点烛焚香，恭恭敬敬地插到香炉里，然后率领我们虔诚地祭拜列祖列宗。过节了，不能光顾自己热闹，也要让祖宗吃好喝好，这是我们源远流长的家风，父亲即使风烛残年，也一如既往地以身作则。

斩不断的乡土情结，挥不去的故园情怀。这里是我们的家园和根基，一草一木都散发着亲切的气息，热情地涤荡着游子的风尘仆仆。

疲惫的父母睡下了，但我没有听到他们的鼾声。置身于这再也熟悉不过的地方，多少年没有挨过老家的床板了，这起伏的心绪怎么能够一下子平静下来呢？在这栋房子度过的二十多年，是我家最为艰难困苦的岁月。这里有太多的苦累、太多的不顺、太多的忧愁，但也有许许多多幸福的时光和让人回味的往事。闭上眼睛，父母岂能不浮想联翩，感慨万千！

这样的一个夜晚，我舍不得早睡。搬了一张椅子，独自坐在屋门前，细细地感受故乡的月色。

村里大多数人家已迁往城市，只留下寥若晨星的若干户分列于各处，所以村庄显得异常寂静，连鸡鸣狗吠也变得十分稀疏了。村子变化不大，依然是一副与世无争的姿态，时光似乎在这里打着漩涡，如果不是有那么几栋水泥楼房和几棵电线杆映入眼帘，你会怀疑自己此刻正沐浴着秦时的月光、汉时的清风。

月亮是一位无私的奉献者，毫无保留地为村庄倾洒它一尘不染的光辉。月色像水一般轻柔地铺满群山、草木、庄稼、沟坎，它是那么轻那么柔，以至秋风吹过时，我分明感觉到它在起伏飘动。月色将远近的山峰渲染得层次分明，使近山看起来如同立体的舞台，远山则像是朦胧的背景，似乎有一幕好戏在如梦如幻中上演。恍惚中，我也成了戏中的角色，在缥缈的舞台上翩翩起舞。月光一点也不趋炎附势，不管是时髦的楼房，还是看不出年代的瓦屋，都一视同仁地镀上一层银色，使这些房子看起来素洁而庄重。秋虫是天才音乐家，与月光一起将秋夜的浪漫发挥得淋漓尽致，它们配合得是如此默契，以至让你觉得月色中有美妙的旋律，虫唱中有纯净的月色。月色舒缓地穿透了我的躯体，虫唱轻轻地融入了我的灵魂，我与这个村庄已完全融为一体了……

这是一个朴素乃至原始的夜晚，远离山外的喧嚣和辉煌的灯火，没有电视的嘈闹，没有网络的打扰，只有一丝清风、一轮明月，却让我感到非常陶醉和满足。其实，这就是我昔日的生活状态，只有在走过城市的浮华和尘世的繁杂之后，我才猛然发觉，故乡的月夜是如此纯粹，纯粹得让人觉得浮名虚利是那么的可笑，尔虞我诈是多么的无聊；我也深切地体会到，生活其实并不一定需要太多的物质和附加条件，简简单单、清清朗朗，反而更加轻松潇洒、隽永如歌。

2014 年 9 月 8 日写于河源

（原载 2014 年 11 月 4 日《河源日报》）

扫　墓

斗转星移，又一个八月不约而至。这个双休日，我专程赶回老家去扫墓。

我说的这个八月是阴历八月。在我们老家，阴历八月，是先人最为惬意的时候了——不但吃饱喝足，还有大把大把的钞票进账。

按说，扫墓多在清明，而我们老家一带却定在阴历八月。在我国，清明节是最重要的祭祀节日之一，大约始于周代，距今已有两千多年的历史。受汉族文化的影响，中国的许多少数民族也都有过清明节的习俗，虽然各地内容不尽相同，但扫墓祭祖、踏青郊游是基本主题。

我们是客家人，祖先来自中原地区，我想原本肯定是在清明扫墓的，但迁徙到南方山区之后，为适应当地的气候而逐渐将扫墓的时间改为八月了。南方的雨季来得早，清明时节往往是阴雨连绵的天气，山湿路滑，草木茂盛，虫蛇出没，翻山越岭去扫墓诸多不便；而阴历八月已是秋天，晴好天气居多，到处都比较干爽，适合山野活动，而且农事也不忙，所以选择八月扫墓我以为是十分英明的决定。

扫墓多是家族式的集体活动，也是联络家族感情的一个有效途径。随着时代的变迁，家族成员居住越来越分散，甚至天南地北，平日难得见上一面，而扫墓和红白喜事之类的活动，是大家聚会沟通的良好契机和平台。

扫墓，是把死去的亲人当活人对待，延续的是血脉亲情，延伸的是孝敬之义，所以不管山有多高、路有多远，人们都要去祭扫，告慰祖先在天之灵。

我们家族现存祖坟较多，且分散，只得分头行动，其中我与二叔和两个堂兄等负责祖父祖母的坟。这两座坟同在一座高达几百米的山上，相距不远。

草木的繁衍能力真让人惊叹，只一年工夫，就可以将小路覆盖得严严实实。现在农村很少有人以草木做生活燃料了，山沟里的地也没人种了，所以山上和通往山里的路都被茂密的野草霸占了，要到达一座坟茔，只得一路与野草决战，举步维艰。就在约十天前，距此二三十里之遥的一个地方，一位六七十岁的老人独自上山去扫墓，竟然一去不返，几天后警方在山上一座废弃的矿井里找到了他的尸体，原来这个井口被野草覆盖了，结果成了一个陷阱。这事让扫墓成了一个颇为悲壮的行动。

我们沿着先前上山扫墓者闯出来的小路，手脚并用地往上攀爬。小时候，我与小伙伴们经常在这一带割草，卖给附近的砖瓦窑，以浑身散架、双手伤痕累累的代价，日挣几毛钱。那可真的是血汗钱啊，每一张毛票和分票都是血和汗凝成的！最让我刻骨铭心的是挑着重担从山上走下来，然后再沿着公路走一段长长的上坡路，才到达砖瓦窑。为了多卖几分钱，就拼命地加重担子，要咬牙切齿才能挑得起来，我真怕走着走着我单薄的腰板就折断了。这是多么沉重的担子啊，压得我腿像灌了铅、呼吸似拉风箱、心跳如擂大鼓；这是一段多么漫长的路啊，长得我怕自己走不到尽头……几十年过去了，如今想来，重担似乎还在身上，肩膀的疼痛还那么真切。

在与野草荆棘无休无止的拉扯纠缠中，我们艰难地爬到了祖父祖母的墓地。祖父祖母的墓地寒碜得连一块墓碑也没有，就像他们身后连一张相片也没有留下那样，了无印记。虽说当初家境贫寒，但请人画张像或者照张相还是可以办得到的，然而这么多子孙，愣是疏忽了，父辈的大意让我至今耿耿于怀。祖父祖母在我记事之前就已经去世了，我只能凭借亲人们的描述和自己的想象形成模糊的虚像，虚得让我无法把握其边际。

墓碑起着记号的作用。家族内早就有为祖父祖母的坟茔立碑的动议，但农村迷信风水，认为立碑是大事，弄不好会"亏房"（即某一房或几房会因此倒霉），所以没人敢去牵头组织，终是不了了之。幸亏亲人们每年都来扫墓，否则时间一长，恐怕都认不出来了。

说是扫墓，其实我们今天只是来祭拜，因为墓地的野草已于几天前被亲人们先行除尽了。为了能实现在同一天将祖坟祭拜完毕、家族趁此一聚的目标，只能将除草与祭拜分开来实施。时代真的不同了，如今扫墓，除了传统的镰刀之外，已用上了割草机，"嗡嗡嗡"一阵子，就可以将一大片野草斩断，只是不知道会不会惊吓了睡在地下的祖先。那些没有劳力或者想偷懒的人，则以一座坟一二百元的价格雇人割草，自己只是去祭拜。时代的发展让社会分工越来越细，连扫墓也成为一项经济活动了。

点烛烧香，恭敬地插在坟堂上。摆上几个茶杯，倒上茶水；把煮熟的整鸡和大块猪肉，还有水果、月饼等供品整整齐齐地摆好；再往刚放好的几个酒杯里倒上第一道酒。

大家面朝坟头，双手合十，恭敬地鞠躬。

在上过第二道、第三道酒和末道茶之后，便是烧纸钱。传统的纸钱是分成几寸见方的草纸，这些年则流行印刷的冥币。这种"天地通银行"发行的冥币模仿钞票印制，纸质粗劣，工艺落后，一看就是土作坊的产品。这个"天地通银行"开在阳界，却能够发行阴间的钱币，可谓来头不小，不知它与阎王老爷有着什么不可告人的勾当。相信不久的将来，这个神通广大的银行定然会推出信用卡、阴阳转账、阴贷阳还之类的新业务吧。我提议，我们家族以后买纸钱最好定做，每张面值印成一亿乃至十亿百亿的，反正多印几个零也花不了多少油墨，这样祖先高兴，我们也省事，不过美中不足的是祖先使用时找零麻烦了些。

据说，除了冥币之外，市面上还有其他琳琅满目的阴间用品，如炊具、床铺、沙发、茶具、手机、家用电器、汽车等，应有尽有。不知阴间手机网络用的是移动、电信、联通，还是天地通的，是否改了单向收费，是否不足一分钟也按一分钟计费；也不知阴间实行什么样的交通规则，一些左方向的汽车上路会不会违章。

火焰吞噬了几叠厚厚的纸钱，形成了一堆意犹未尽的灰烬。猛烈的阳光下，我们擦着泉一般涌出来的汗水，手脚并用地下山。身后，酒足饭饱的祖父祖母一边打着饱嗝一边数着票子，但愿"天地通银行"生产的不是假币。

回家的路上，看着我们精疲力竭的样子，二叔说，祖父祖母的墓地离家算近的了，有的老祖坟步行来回一趟差不多要一天时间，他小时候曾随长辈去祭扫一座年代久远的祖坟，得带上干粮或锅碗瓢盆，在山上解决午饭。这种劲头，如今是少有了。

分头行动的各路人马回到长堂兄家集合。手脚麻利的、厨艺较好的、肯做事的，就到厨房里忙活。每年的这个时候，就是我们家族聚会的时候。集体扫墓和聚餐，是家族凝聚力的重要体现，所以能参加的都会尽量参加。一个家族的老老少少坐在一起，热热闹闹地吃饭，同享天伦之乐，自然是人生一大快事。

　　然而，座中缺少了一些曾经熟悉的面孔，而且永远也无法再见到这些面孔了，让人心中不由得涌起阵阵悲凉。这几年来，一位堂兄、伯母、父亲、伯父、一位堂嫂相继离世，丧事接二连三，悲伤接踵而来，泪水常充盈我们的眼眶。好在，不断有延续血脉的小生命接上来，水灵灵的眼睛闪烁着家族的未来和希望。

2014 年 9 月 30 日写于河源

（原载 2014 年 11 月 15 日《河源日报》）

路上就有风景

难得休假几天，与几位朋友分乘两辆汽车外出自驾游。从增城到龙门，地生路不熟，只得依赖导航仪。想走捷径，故设置了"最短线路"。此仪器的神功的确让人惊叹，连名不见经传的小地方也可以准确地指引你前往。

来到一个岔路口，右边是两车道的大路，平顺地伸向远方；左边是盘山小径，蜿蜒于山间，没入丛林中，前不见顶，可能连乡道也算不上吧，小得连会车都成问题。直觉告诉我们，应往右行，但导航仪却清晰地引导我们往左走。怎么办？既然自己不识路，就只有信导航仪了。

汽车在半信半疑中开始爬山。这是一段七拐八弯的陡坡路，刚拐过弯，接着又得打方向对付下一个弯，而且多数弯很急，有的仅有二三十度，导航仪里显示就像一堆乱麻。汽车一直扭着 S 型盘旋而上，甚是惊险，不时有人惊呼出声。一路上，我们竟然没有遇到一辆对面来车，可见此地之偏僻。有人怀疑导航仪出了问题，有人抱怨设置者不该选择"最短线路"。

我说，我们出来不就是为了散心、看风景吗？你们看，外面的景色多美啊！这可是难得的佳景，别处哪里去找呢？我们现在就处在风景之中呀，这就是我们旅游的一部分嘛。大家纷纷点头称是，并开始仔细欣赏起车窗外的景色来。

此地山高林茂，满眼皆绿，空气清新，我们就在醉人的绿色和纯净的空气中穿行，并享受着车子急拐弯带来的惊险刺激。峰回路转，车子飘荡而上，那种感觉就像是向云天进发。大约七八公里的上坡陡路，纳满了我们打心眼里对大山的敬畏之情。

到了山上，群山尽收眼底，景色更为壮丽。目之所及，重峦叠嶂，连绵起伏，似静止的苍龙，如凝固的波涛，颜色由深黛至浅绿，直到如烟如幻，淡入天际，相信天底下没有哪位国画大师能有如此杰作。站在巍峨的高山之上，一览众山，心旷神怡，不禁让人生出君临天下的感觉和豪气来。

下山的路同样崎岖曲折，显得更为险峻，车子盘旋而下，让人胆战心惊，生怕刹车失灵，不知魂归何处。但当面对山窝里安宁的小村子时，我的内心立刻变得非常平静。两边是高耸的大山，底部是一条清澈见底的小河，在河两边高高低低的狭长地带，散落着一座座房屋，与青翠的竹林树丛相互掩映，阳光散淡地洒落下来，耳边只有风声和鸟语，偶尔传来几声狗吠鸡鸣，岁月是如此的宁静，以至让人触摸不到时间的脉搏。这是多好的风景啊！

　　我们果断地在一块平地上将车子停了下来，贪婪地欣赏这意外的景致。有的端着专业相机，更多的是举着手机，都恨不得把优美的景色全部摄入自己的镜头。如果我们当初选择了"高速优先"，哪能有这样的收获呀？大家慨叹不已。

　　我们习惯于直奔目的地，而忽略了旅游的本义是在享受过程，其实路上不乏美丽的风景，只是我们不屑一顾或无意中错过而已。许多人总心安理得于享用别人发现的风景，而不愿意或不善于自己找寻风景，不远千山万水奔着别人说好、其实未必合己之意的风景而去，往往是失望而返。其实，再奇伟的风景，若不能触动你的神经，也只是寻常事物而已；再平常的风物，若能拨动你的心弦，就是美妙的风景。

　　路上就有风景，你的目光不要仅仅盯着目的地。

2014 年 11 月 30 日写于河源

（原载 2014 年 12 月 28 日《惠州日报》）

风雨老宅

夕阳优雅地照过来，寂寞地落在老屋之上，将老屋的一部分涂成明丽厚重的色调，使古香古色的砖瓦更增添了沧桑和落寞之感。

这种年代久远的质感被门前及腰的野草予以进一步渲染和强化。整个禾坪（门前平地，主要用来晒谷和举行活动等）都被长势良好的野草所占据，曾经的岁月已被完全覆盖，了无痕迹。连屋檐下的石头缝里，也摇曳着野草傲人的腰姿。野草与我前世无冤、今生无仇，但它们的肆无忌惮，着实刺痛了我关于老屋的记忆。

昔日的这个时候，清静了一个下午的老屋又开始热闹起来了。放学的孩子们像归巢的小鸟飞进屋子里，把书包一扔，捧起硕大的陶瓷茶壶，"咕咚咕咚"地往肚子里灌凉水，或者干脆从水缸里舀起半瓢水，一阵牛饮。然后，挑起一担空桶，到一个叫"水井窝"的山窝里去挑水。几百米的羊肠小道，凹凸不平，上下坡，踩石级，过沟坎，每挑一担水都是对体力和意志的考验。这是那时农村小孩的必修课，没有人说为什么这么做，只有人吩咐应该这么做，这门课与放牛喂猪、割草烧火一样顺理成章地纳入了孩子们的生活内容。

水缸和灶上的大铁锅挑满以后，来不及擦擦汗，接着就得生火，将一大锅水烧热，用来洗澡。限于房屋结构，整个大宅子只有四个澡堂，近十户人家，人口众多，只得排队轮流使用。一些孩子干脆就在澡堂外的天井边摆开架势，一边赤条条地洗澡，一边肆意地打闹。水花飞溅之中，闪烁的是天真无邪的童年。

将汗水毫无保留地奉献给了土地的大人们，披着浓重的暮色陆续走进家门，宅子逐渐变得拥挤和忙乱起来。烧火做饭，提水洗澡，端菜上桌，呼女训儿，我出你进，他笑我嚷，整座宅子热闹得像个蜂巢。

饭后，人气逐渐转移到了屋门前的禾坪上来了。特别是夏天的夜晚，乘凉的人们坐满了禾坪，一边摇着各式各样的扇子，一边在闲谈中挥洒着口水和笑声。健谈且人缘好的人，惬意地享受着众星捧月般的待遇。博览群书者，凭记忆将看过的故事和新闻眉飞色舞地与大家分享；斗大的字也识不了一箩筐的人，则讲的多是牛郎织女、宋伯捉鬼之类口口相传的神话。城里人喜欢开沙龙、派对，灯红酒绿，觥筹交错；

乡下人则只知道龙门阵，除了星月仅有清风，但各有各的乐趣。就像饮千元一瓶的洋酒与喝几元一斤的猫尿，同样都可以找到醉醺醺的感觉。

科技的落后、物质的匮乏，客观上成全了人们沟通的欲望；而电视的普及、居所的独立、城镇化的推进，则打破了群居杂处的生活状态，无形中拉开了人们之间的距离。星空下促膝群聊、扇子时上时下、笑声此起彼伏的场景，已成了一个难以复制的时代记忆。

老宅子是一座当地典型的客家民居，一大门两侧门，三个天井。大门进去是正厅，即整座房屋的核心位置，正厅由天井分为上下厅，为各家共用，各家的红白喜事都在这里举行，因此这是一个纳满笑声和泪水的地方。关于人之"死"的第一课，我就是在这里上的。曾经朝夕相见的老人，有一天静静地躺在上厅一角的一张草席之上，外面挂上了蚊帐，旁边坐满了守灵的子孙，任哭声多么悲恸、唢呐多么凄怆，老人眼皮子也没有再抬一下，似乎是劳累了几十年，这一次是决计彻底地歇息下来了。生与死，只是昨日今日之别；阴与阳，只是帐里帐外之分。长大后当读到陶渊明的"亲戚或余悲，他人亦已歌。死去何所道，托体同山阿"的诗句时，我的内心特别平静。

我沉重的脚步声，显然打扰了一只虫子兴致盎然的歌唱。人迹业已远去，虫子没有理由不为自己逍遥惬意的日子而抒情。正厅的门角里，放着一把旧锄、一套破犁，厚厚的灰尘掩盖了它们昔日的英姿，诉说着如今的落寞。鲜嫩的苔藓铺满了天井的背阳处，与石头缝里蹦出来的杂草争绿斗媚。供桌的香炉里插满了烧剩的香烛棒，像秋收之后田野里的稻茬。供桌下面还残留着不少纸钱的灰烬，显然是人们节日祭祖时的产物。不忘根本，将祖宗当作神仙一样供奉，每逢年节都虔诚祭祀，将孝心从阳界延伸到阴间，这是客家人千百年来的传统。人们尽管迁走了，甚至背井离乡，到别处当了"新客家人"，但春节时还要回到旧居或祠堂，恭恭敬敬地祭拜列祖列宗，好让祖宗们也过个像样的节日。

上厅墙上的标语已被光阴无情地磨淡，但字迹仍然依稀可辨。这是一个时代的符号，标识了一段曾经让前人热血沸腾、让后人感慨万分的历史。

正厅内墙批荡的石灰与整座宅子的外墙一样，尽管年代久远，也只是颜色暗淡了些，几乎没有剥落之处，可见当时用料之精、手艺之高。每当我们流连于名胜古迹之时，总会由衷地感叹古建筑构造之美和质量之优，钦佩古人的聪明才智和高超技艺。其实，今人并不缺乏头脑，也不缺乏原料，所缺的是打造精品的诚心和耐心。在一个过分追求速度和产量的时代，人们恨不得一口就吃成胖子，恨不得城市像春笋般一夜之间就长出来，所以粗制滥造成了常态，豆腐渣工程比比皆是。这座老宅子建于20世纪初，基础深埋，条石到窗，青砖到顶，选用经过防虫处理的上好木材作梁檩和椽子，因此历经百年风雨至今依然完好。在一个只能靠肩挑手推的年代，于半山腰处建成这样一座占地数百平方米的房屋，需要付出多大的努力和代价！在前人面前，我们只有汗颜的份儿！

据老人说，正厅曾挂有邓缵先先生亲笔所题之匾。邓缵先是本县蓝塘镇人士，13岁中秀才，民国三年（1914年）奉中央政府之命，抛家别子，历尽艰辛远赴新疆任职，可谓早期"援疆干部"，其在新疆为官的18年中颇有建树，政绩显著。1933年，新疆发生大动乱，其在巴楚县长任上以身殉职，长眠异乡，被后人誉为"大漠胡杨"。可惜，其所题之匾已了无踪影，让我无缘一睹这位客家才子的珍稀墨宝，凭吊这位曾湮没于历史烟云的杰出先贤。

穿过走廊，走进横屋，一股霉味扑鼻而来。房间多未上锁，一如当年。那时，各家都没有上锁的习惯，进别人的门就像进自己的家一样随便，出去时只是把门关上，防的是鸡鸭，有的人甚至连睡觉也不闩门。各家的灶台和饭桌也是开放式的，你家的锅铲声传到我的耳朵里，我家的饭菜香飘到你的鼻孔中。不拘小节者，端一碗饭到处溜达，东家夹一口咸菜，西家夹几根豆角，转回来一碗饭就装进肚子里去了。如今，他们有的洗净了脚上的泥巴，成了钢筋混凝土丛林中的住民，过着门虽设而常关，邻相撞而不识，连对门也是老死不相往来的生活，于是不由得经常怀念起住在老宅子的日子来。

光阴有着与生俱来的修改一切作品的癖好，任何事物都逃不掉被它篡改的命运。曾经人丁兴旺、过于拥挤的老屋，不得不面对人气日渐消退、直至曲终人散的现实，印证了"合久必分""天下没有不散的筵席"之类的老话。不再产生炊烟的灶台和锈蚀斑斑的铁锅，不得不终结了一段群居杂处的历史，见证了时代无可避免的嬗变。

来到横屋门口，吹一吹门墩上的灰尘，轻轻地坐下来，与对面的群山相对无语。小时候，那连绵的山峦就是我视线和意识的最南端，我不知道天外还有什么样的天，不知道更远的地方是什么样的地方，但梦想的翅膀，总会经常飞越重峦叠嶂，或翱翔于云天之间，或盘旋于大海之上。后来，真的突出了山的重围，来到了广阔的天空下，梦境却常常由群山主宰，故土成了最敏感的一根心弦，轻轻一触即百转千回，余音不绝。

群山收起了夕阳的最后一缕光线，暮色悄悄地从四面包抄过来，老屋泰然面对晨昏流转、日夜更迭，就像百多年来淡定于烈日暴雨、狂风闪电。一只不知名的鸟儿，蓦地落在一根被废弃已久的晾衣柱上，一边"叽叽"地叫着，一边歪着脑袋看我，然后，用力一弹，"嗖"的一声，在空中划过一段优美的弧线，不知所踪。

2014 年 12 月 22 日写于河源

（原载 2017 年 1 月《客家发现》杂志创刊号）

【第二辑】

兰馨萦回

天底下的父母，似乎就是为儿女而生的。父母对儿女的深情，儿女一辈子也未必能够深切体会；父母为儿女的付出，更是儿女穷其一生一世都难以偿还的。

　　　　　　　　　　　　　　　　　　（《写满牵挂》）

　　岁月是一条平静的河流，一如既往地缓缓流淌，一阵风吹过，河边的树叶纷纷飘落，随水而去，让人遽然惊觉逝者如斯，岁月无情，年华不再。

　　　　　　　　　　　　　　　　　　　　（《春联》）

　　同事走马灯似的更换，酒桌上的朋友来了一拨走了一拨，唯有同学的称呼"从一而终"、永远亲切，唯有同学你可以素面以对、开门见山。

　　　　　　　　　　　　　　　　（《十年魂梦与君同》）

缅怀的茫然

我一直找不到缅怀外公的最恰当的角度。

外公，对于我来说，只是一张小小的照片，乃至只是一个概念，而不是一个活生生的人。连他的女儿——我的母亲，对他的印象也甚为模糊，我更是与之素昧平生了，除了血管里流淌着他的血液之外，我再也找不到与他有丝毫瓜葛了。

小时候，我家那个挂在墙上、放着好几张我们家人照片的相框里，有一张约一寸大的黑白照片，上面是一位五十多岁的男人，轮廓分明的脸庞线条感非常强，但写满了沧桑；两只眼睛炯炯有神，但似乎闪烁着几分失意。这是我见过的外公的唯一照片，也是外公给予我最直观的印象。一天，我看见母亲一个人坐在房间里，对着外公的照片流泪。原来她接到亲戚写来的书信，得知外公不久前去世了。那时，我知道，今生今世，我永远都无法与这位相片中的人相见了。

外公出生于 20 世纪 20 年代的惠东县，在惠州上的高中，据说在他那个小村子里是最有学问的人了，他一手漂亮的书法或许可以为之佐证。我依稀记得，他寄给我母亲的书信里，毛笔字写得甚是好看。可惜他生不逢时，所学的东西并没有派上什么用场。高中毕业之后，他在家乡做些小本买卖。小生意带给了他短暂的丰衣足食，但也造成了他一生的颠沛流离。

一次，外公收了一大船的猪牛到一海之隔的香港去贩卖，结果在海上遇到大风，所有猪牛随着这只可怜的船沉入大海，坐在另一只船上的外公侥幸捡回了一条性命。那么多的猪牛，是他倾其所有积蓄外加赊欠买过来的，本来指望小赚一笔，岂料瞬间鸡飞蛋打，血本无归，欠下了一身沉重的债务。生意是没法做了，但生活还得继续，债务必须偿还，走投无路的外公决定去香港寻找挣钱的机会。一个风高月黑的夜晚，失魂落魄的外公久久地凝视着熟睡的孩子，轻轻地抚摸着他们的小脸，突然一咬牙，大步流星地走出门外，消失在茫茫的夜色中，也永远消失在外婆的视线里……

外公本来想在香港碰碰运气，挣些钱回去还债和养家糊口，可命运之神并没有眷顾于他，他混得平平淡淡，只是靠打工维持生计，根本挣不到什么钱。没挣到钱，他自然是无颜面对"江东父老"。不久后，内地解放了，政治形势不断变化，外公返乡之日也就变得遥遥无期了。

外公走后，债主们轮番上门讨债。外婆这样一个农村妇女，能勉强养活三个年幼的子女就不错了，哪里有能力偿还外公欠下的沉重债务！年关，一个讨不到债的债主一气之下把外婆家大门门板和几扇窗页都卸下扛走了。望着四面透风的屋子，外婆与孩子们抱头痛哭。虽然事情过去了六十年，但那凄凉的情景母亲至今仍历历在目。

外公去香港之后，家人只是从他偶尔寄来的片言只语和亲属在港的熟人的叙述中，了解到他打些零工为生等为数不多的情况，他究竟过的是什么样的日子，并不是很清楚，我当然更加无法追溯他的心路历程，但可以想见，在异乡漫长的岁月里，他心态的基调应是非常苍凉的。试想，夜深人静之时，形单影只的他不可能不思念一海之隔的亲人，那种强烈的思念或许经常让他夜不能寐；辛苦劳作的间隙，背井离乡的他不可能不反省自己抛妻别子之举，那种深重的负疚感或许常常像老鼠一样啃噬着他的心；逢年过节之时，孤苦伶仃的他不可能不怀念曾经温馨的家园，那种落寞的愁绪或许像大海一样无边无际……

外公不知道，在海的这边，外婆一家人曾长时间背着"地主"的枷锁，在别人的冷眼中卑微地活着。所谓"地主"，仅仅是因为外公曾经做过小本生意而已，现在听起来像天方夜谭的事情，那时却是真真切切的悲惨现实。连自己的生计都难以解决的人家，却被强制贴上"地主"的标签，"享受"着被歧视、被唾弃的待遇，真不知那些日子外婆是怎样带着一家人挺过来的。在那个注重"家庭成分"和"政治背景"

的年代，一旦有风吹草动，这种"地主"的标签和所谓的"海外关系"，就会让我的父母战战兢兢。

尽管因政治的缘故香港与内地曾处于分割的状态，但在那么长的时间里，外公不是没有回内地的机会，然而他竟一次也没有回过，是因为没有挣到钱，还是别的什么缘故呢？随着他的病逝，这就成了永远也无法解开的谜。外公逝世时，还不到六十岁，身边一个亲人也没有，可谓凄凉之极。好心的同乡把他草葬于新界的某个地方，由于没人打理，加之城市的发展，若干年之后，他的墓地竟然连痕迹也没有了。这位可怜的人，在这个世界上再也没半点印记了。

在外婆面前，我从未提起过外公，怕勾起她痛苦的回忆。外公去香港时，外婆才二十多岁，此后几十年，外婆一直没有再嫁。可以想象，她过的是多么辛酸悲凉的生活！印象中，我们之间只谈过一次外公，那是在她去世前一年的夏天，我坐在她家的大门口与她闲聊，她主动说起外公，语气平淡，了无怨恨。历经数十载的风刀霜剑，再也没有什么能让她横眉竖目了。我几乎没有插嘴，只听她娓娓述说……

晚年，外婆曾多次要晚辈们去香港寻找外公的墓地，把他的遗骸迁葬故土。她说，生时不能在一起，死后就葬在一块吧。每每想起她的这句话，我就忍不住泪湿眼眶。外公连一块墓碑也没有留下，晚辈们根本不知道哪一抔黄土裹着他的魂魄。外婆辞世的时候，我们在她村子的小河边举行了一个象征性的招魂仪式。在这个平和的黄昏，流落异乡几十年的外公，终于魂"归"故里。穿越数十载的凄风苦雨，外公外婆终于"团聚"了。那一刻，我泪流满面……

多年以来，我一直找不到缅怀外公的最恰当的角度。

或许，我应该仰视他，因为他毕竟是我的长辈、我的血肉之源，我没有不尊敬他的理由；或许，我应该俯视他，因为他让我外婆守了几十年的活寡，铸成了她一生的辛酸苦难，他没有尽到一位丈夫和父亲的责任；或许，我应该平视他，因为他毕竟不是存心想抛妻弃子，他只是一个小人物，在时代的大转盘里，根本无法左右自己的命运……

不管怎么样，他都是我的外祖父，我的血管里流淌着他的血液，天然的亲情是什么也割不断的，于是我以自己的一支陋笔，写下了这篇文章，算是对他的深切缅怀。

2012 年 3 月 4 日写于河源

（原载 2012 年 3 月 20 日《河源日报》）

写满牵挂

我的大学，是在离家四五千里之遥的北方上的。那时，家里没有电话，与家人联系的唯一手段便是书信。

家中来信多是父亲执笔的。说"执笔"，是因为写信肯定有母亲的参与。可以想见，忙完家务，父亲端坐书桌旁，手握一支毛笔或钢笔，一边与坐在侧边的母亲商量，一边在一叠信纸上书写。中规中矩的行楷，一如父亲内敛严谨的性情，让我一见顿生恭敬之感。出自母亲之手的书信极少。母亲只念过小学，做农活干家务是她的强项，写信则有些勉为其难，长达三四页、且每一个字都力求写得工工整整的书信，无疑耗费了她无数的心血。可以想象母亲在昏黄的灯光下一笔一画写信时的艰辛，但充盈她内心的，肯定是幸福的暖流。

父母的来信朴实无华，平淡的语言如潺潺流水，但其真切的担心溢于言表，无尽的牵挂充满字里行间。遥遥几千里之外的天津是一个什么样的地方，对于从来没有出过省的他们来说是完全陌生的；我在那里过的是什么样的生活，他们只能从我惜墨如金的书信里略知一二。注意饮食和天气变化，不要随意离校外出，时刻注意人身安全……诸如此类的殷殷嘱咐，是家书永恒的主题。儿行千里母担忧，只要儿女不在身边，父母总有没完没了的挂念。

平安是福。父母对身处异乡的我，最关心的是安危冷暖，其次才是学业，在他们心里，只要我平平安安，就比我拿到硕士、博士学位还要高兴。只有接获我的书信，得知我平安的消息，他们才会觉得踏实，所以收到我寄来的哪怕只是只言片语，他们也会十分欣慰。

父母在一封信里要求我"最少每月要有一信"。起初我还能坚持这样做，但有时觉得没有什么好写的，特别是日子一长不免惰性滋长，给家里写信便逐渐有一搭无一搭的了。一次，近两个月未收到我的信，父母非常焦急、寝食不安，便跑到邮电局去打长途电话找我。仅凭信封上印制的学校总机号码，而不清楚我宿舍楼的分机号码，哪里能够找到我？不久接到他们的来信，获悉此情况，我甚觉内疚。那段时间，他们经受了怎样的煎熬啊！我承认，父母对我的关心和牵挂远远胜于我对他们的关心和牵挂。

一个寒假，在父母的劝告下，为避免辗转乘车的艰辛和回避车匪路霸猖獗的治安形势，我没有回家，而是留在冰天雪地的北方。除夕之夜，我独自待在清冷的宿舍里，倍感孤单，浓浓的乡愁就像窗外的烟花不断升腾绽放，我的心跨越了千山万水，飞回了南方那个我魂牵梦绕的小山村，以往过年的种种情景像电影般回放，家人的身影占据了所有情节……此刻，对于"每逢佳节倍思亲"这句曾经吟诵过千百遍的古诗，才有了刻骨铭心的体验。

过年后收到父亲的来信。信中说："你没有回家过年，双亲极感难过。接到你的信，说及在校寂寞情景，你妈足足哭了一个晚上，我虽没有哭，但心情也有说不出的难过。"父亲是性格内敛之人，极少在儿女面前和家书中直接表达自己的情感。读到这里，我鼻子一酸，泪水不禁涌出了眼眶。浓浓的母爱，深沉的父爱，像明媚的春晖，温暖了游子的心房。

春天来了，乡人已在田野上紧张地忙碌开了，孩子在认真地学习吗？天气凉了，北方的大雁也飞到南方来了，孩子的衣服够厚吗？一年四季，每一封书信，都写满了父母对我的无尽牵挂。只有当我背着行囊站到他们的面前时，他们那一直悬着的心才会放下来。

大学四年，一千多个日夜，多么漫长的牵挂！当我潇洒地在高考志愿书上填上北方的大学的时候，当我怀揣入学通知书踌躇满志地踏上北行列车的时候，我向往的是更高远更辽阔的天空，憧憬的是遥远天际那一片绚丽的彩霞，并没有太多地考虑父母的感受，细细想来，甚为自己的自私而愧疚。

如今，重读家书，我还似乎看见，父母无数次遥望北方，祈求我平安的情景；我还似乎听到，父母在无数个梦回午夜，叨念着我的名字……

　　天底下的父母，似乎就是为儿女而生的。父母对儿女的深情，儿女一辈子也未必能够深切体会；父母为儿女的付出，更是儿女穷其一生一世都难以偿还的。

　　　　　　　　　　　　1999 年 3 月 20 日写于河源
　　　　　　　　　　（原载 1999 年 5 月 19 日《河源日报》）

永远的谎言

当父亲被确诊为肺癌的时候，我突然觉得天塌了下来，瞬间把一切压得支离破碎，那种无助和悲伤难以名状。父亲虽说不年轻，但能吃能睡、好端端的一个人，怎么就突然得上了这种不治之症呢？我来不及深究个中原因，在联系到广州一家大医院之后，立即将父亲送去就医，祈望遇到再世华佗，妙手回春。

广州的大医院那叫热闹啊，就像是大市场，熙熙攘攘，挤满了各种各样的人，电梯几乎没有停歇的时候。到了这里，你才突然发觉，世上原来有这么多人不得不把精力和时间耗在医院里，你也才深切地体会到生命的无常、人生的无奈和健康的可贵。

不断的检查化验和等待，就耗去了我们一个星期的时间。

在这难挨的一周里，父亲反复发热，最高时竟达四十一度，人都烧迷糊了，医生说只能"对症治疗"，就是吃退烧药，打退烧针，辅之以夹冰块。药效发挥之后，父亲身上不断冒汗，尽管我们频频为之拭擦，但还是难免湿了衣服。有一个晚上，我竟为他换了五套衣服！我担心父亲会在这样无穷的消耗中逐渐衰竭，最后连睁一下眼皮的力气也没有了。

好在，终于等到手术的时间了。目送着推着父亲去手术室的推床消失在电梯口，想到父亲羸弱的身体和手术台上的种种意外，我的心底突然涌起生离死别的凄凉。在手术室外等待的四个小时，似乎比住院以来的七八天还要漫长。我仿佛看到了鲜血在父亲长长的刀口上喷涌出来，仿佛听到了刀子在父亲的胸腔内细细切割的声音……

在手术室门外，手术衣上有大片喷射状新鲜血迹的主刀医生将我叫了过去，给我看从父亲身上切下来的东西。这是肺叶及肿瘤，比拳头还要大，血淋淋的，令人不寒而栗，我看了一眼，再也不敢看第二次，但印象极为深刻，至今仍历历在目，心有余悸。

陪父亲住院的日子，举目皆是愁眉苦脸的病人、家属以及脸皮紧绷的医生和趾高气扬的护士，就像整天面对阴郁的天空。除了侍候父亲吃喝拉撒和带他接受各种检查、治疗之外，剩下的时间就是待在病床旁，百无聊赖，如坐针毡，度日如年。晚上，只能躺在折叠椅上眯一下眼。一间不宽敞的病房摆了三张床，包括病人和家属至少就有六个人，打鼾、咳嗽、上卫生间等各种声音此起彼伏，还要照看父亲，所以尽管疲惫到了极点，却根本无法睡个安稳觉。有时躺得实在难受了，只好起来，站在窗前，呆呆地注视着灯火通明、不知疲倦的广州城……第二天，睁着布满血丝的双眼，强打精神，又重复着同样令人极度煎熬的生活。

当我扶着虚弱的父亲走进家门的时候，压在母亲心头二十多天的巨石终于被挪开了，我们也深刻地感受到了家的温暖，但我心中的阴影不仅无法消除，反而在这种氛围中愈加强化。虽然多亏有着三十余年临床经验的科主任为父亲主刀，父亲肺部的肿瘤已被切除殆尽，但我深知，癌细胞是不可能被彻底肃清的，这伙顽固分子很快就会东山再起，变本加厉，为非作歹。在当前医疗条件下，得此顽症几乎等于收到了死刑判决，所以大家都是谈癌色变。民间有癌症病人八成是被吓死的论调，这或许过于夸张，但有不少癌症病人因意志崩溃而加速死亡进程倒是不争的事实。出于这样的考虑，我们做儿女的一直没有向父亲说明实情，而是谎称他得的是肺结节，切除了就没事了。因怕年事已高的母亲承受不了这样的打击，我们对母亲也隐瞒了真相。我把父亲的病历等有关资料藏得严严实实，给父亲吃的药我也把盒子和说明书都扔了，不过一板板的药粒不可能全部拆下来，包装上还会有简要的说明文字，我便以服此药是为了预防结节转为恶性肿瘤为由搪塞过去了。

尽管当今科技高度发达，连人都可以克隆出来，但对于肆无忌惮的癌细胞却没有撒手锏。父亲肺部的肿瘤虽然切除了，术后过了一段接近正常人的生活，给人以已经康复的错觉，但好景不长，癌细胞很快就转移了。

在查出癌症后的十几个月里，父亲先后住了六次院，接受了传统手术、伽马刀、生物疗法等治疗，吃了多种中药、西药。我曾在广州的几家大医院辗转奔波为之求医问药，想了不少法子，但所有的技术、药物和努力都无法阻挡癌细胞浩浩荡荡的进军。父亲越来越难以指挥和控制自己的行为，腿脚越来越不灵便，很快就丧失了举步的能力。第六次住进医院以后，他就一直躺在床上，再也没有起来过，就像嗜睡的小孩，绝大部分时间都处在昏睡之中，总也睡不够，似乎要把前世今生没有睡好的觉都补回来。

大年初一，到处张灯结彩，烟花绽放，但节日和热闹是别人的。我在冷清的病房里陪伴着奄奄一息的父亲，脑海里一幕幕地浮现出以往过年的情景：寒风中，父亲展纸挥毫，忘我地为左邻右舍书写春联；厨房里，父亲持刀执铲，忙碌地为家人准备丰盛的团圆饭；陋室内，父亲与我们坐在一起，津津有味地看电视文艺节目……

往事如烟，情景不再，徒唤奈何，令人歔欷！

我凑近父亲的耳朵，大声地对他说："爸，今天过年了！你现在八十岁了！"父亲呼吸急促，没有睁开眼睛，只是似是而非地点了点头。这是我们父子俩最后的一次"对话"。几小时之后的大年初二的凌晨，父亲的生命如一盏油尽的灯，慢慢地熄灭了。任凭我声嘶力竭地呼唤，任凭母亲撕心裂肺地哭喊，父亲都没有再睁开他的眼睛，只留下沉睡的模样和安详的面容……

父亲至死也不清楚他自己得的是什么病，他这一辈子活得明白，死得糊涂。母亲也是在父亲最后一次住院时才得知真相，她十分伤心地责怪我们："为什么不早点告诉我？如果知道他时日不多，我会把他照顾得更好啊！"尽管自己身体也不好，特别是严重晕车，但母亲几乎每天都坐车去医院照料父亲，好让父亲人生的最后一程走得更舒服些。

父亲走后，母亲在卧室里默默地整理父亲的衣物，分门别类，认真细致，一件一件地折叠好，像是在为远行的父亲准备行装。泪水不断地涌出她的眼眶，打湿了一片地面……

2013 年 11 月 16 日写于河源

（原载 2013 年 12 月 7 日《河源日报》）

春　联

　　转眼间，春节到了，又是贴春联的时候了。贴春联是中国流传已久的习俗。在我老家，再穷的人家，过年时都至少要在自家的大门口贴一副对联，不贴，就像没有过年一样。这个时节，千家万户红红的对联，与和煦的阳光一起，营造了浓厚的新年气氛，使日子变得格外祥和欢乐，让人们心头增添了几许温馨与希冀。

　　由春联，我会自然而然地想起父亲。

　　在老家的时候，我们村子许多人家门口贴的春联，都出自我父亲之手。父亲写得一手好字，为人又厚道，有求必应，是乡间德高望重的"先生"。每逢年关，乡亲们都会不约而同地拿着红纸来我家，要我父亲写对联。我父亲从不推辞，先把自家的活儿搁一边，磨墨挥毫，聚精会神，一笔一画，写了一张又一张，以至我家的地板上、桌子上，甚至床上都摆满了春联，整座房子弥漫着浓郁的墨香。年关往往是一年中最冷的时候，长时间握管书写，手常被冻裂流血，其苦可想而知，但父亲毫无怨言。父亲说，乡邻求你，说明相信你、看得起你，所以能帮的就要帮，而且一定要尽心尽力地把事情做好。对于在一旁打下手的我来说，这是最好的言传身教。

乡下人操办红白喜事，都少不了要请"先生"，书书写写、打理礼仪事项，我父亲是他们心目中最合适的人选。一场红白喜事下来，"先生"一般都要忙两三天时间，有时几乎通宵达旦，但父亲从不索要报酬，从不计较"红包"的大小。一些人说他傻，而他一笑置之。不久前我回老家奔丧，与一帮乡亲坐在一起聊天，他们都很怀念我的父亲。他们说，这次丧事请的老"先生"张口就要多少钱，不给"红包"不提笔，脾气古怪，很难侍候。尽管如此，乡亲们还得请他，因为如今即便是这样的"先生"，也已经难觅其踪了。在时代潮水的冲刷之下，乡间风土正悄然发生变化，有朝一日你蓦然回首，许多东西已面目全非乃至无影无踪，只有那些遗存于记忆角落里的影子供你凭吊了。

多少年以来，我家的对联都是父亲自己写的。简陋的泥砖瓦屋、粗糙的门庭，贴上父亲写的对联之后，便平添了几多雅致与喜庆的气息。搬到城里来之后，我家的春联依然是父亲自己生产。几年前的一天，父亲无奈地说，他的手越来越不听使唤了，已写不出令自己满意的毛笔字了。我突然意识到，父亲老了。

岁月是一条平静的河流，一如既往地缓缓流淌，一阵风吹过，河边的树叶纷纷飘落，随水而去，让人遽然惊觉逝者如斯，岁月无情，年华不再。

　　父亲"封笔"之后，只得上街去买春联了。印刷技术发达的当今，春联被印制得越来越精美，成了装点门庭的好饰品。这种机器打造的东西，就像电子信函，精致得几乎无可挑剔，漂亮得让人无话可说，但总让人觉得少了些什么。手书的春联虽然土了点，但因风格质朴而让人备感亲切，又因个性鲜明而透出浓郁的文化气息，正如手工制作的紫砂壶，周身洋溢着独特的韵味，可以使人久久把玩，细细鉴赏。

　　鉴赏对联，是过年的一项内容。大家三三两两聚在一块，一边惬意地晒太阳，一边就对联的内容和书法指点议论一番。有行家说得头头是道、褒贬一通，有"半桶水"信口开河、高谈阔论，那些连字都认不全的人只好老老实实地当听众了。

　　以前，许多人家大门等重要部位的对联都是请专家创作的，多以楼名嵌字，结合实际，寓意深刻，独一无二，各具特色。有上厅、下厅的完整大屋，上厅、下厅大梁下两边墙上还要贴"撑梁对"，上下联各长达二三十字，高高地贴下来，显得气势非凡，让人不免对这座大宅子多了几分敬意。我记得老家一座大屋的上厅"撑梁对"上联全用"氵"做偏旁，下联全用"木"做偏旁，构思奇妙，对仗工整，令人拍案叫绝。我家老屋的对联就是请一位专业"作对"的老先生拟的。老先生当时已经七八十岁了，骑单车赶三十里路来到我家现场考察，然后凝神沉思，写写改改，半天后将一副嵌入楼名的对联交到我父亲手上，父亲则以一份润笔，买下了这副对联的"版权"。此后每逢春节，这座房子的大门都贴上这副对联。

如今不但城市，连农村也大都采用批量印刷的春联，手写特别是自创的春联渐成稀罕之物了。这是我们曾经熟悉的风物，但斗转星移之中，我们不得不面对它无可避免的嬗变，就像我不得不面对父亲生命日渐枯萎的现实。

父亲的最后一个春节是在病房中过的。春节与医院是两组格格不入的字眼，但上天愣是将这两样东西拎在一起，狠心地塞进父亲的命运里。已经陷入昏迷的父亲，静静地躺在床上，只有吃力而急促的呼吸证明他还与这个世间有些关联。我告诉他，过年了。此时此刻，我不知道他是否想到了红红的春联，是否忆起了他挥毫书写春联的往昔。

我也不知道，父亲咽下最后一口气的时候，贴春联的胶水有没有被风干。站在家门口，我平生第一次觉得鲜艳的春联红得如此张扬和刺眼，甚至有点幸灾乐祸。在哀伤的氛围里，它再贴在我家的门上，无疑极为不合时宜。我默默地把它撕了下来。凄风之中，春联的碎片托着我无尽的哀思，纷纷扬扬，低回不已……

2014 年 1 月 22 日写于河源

（原载 2014 年 1 月 30 日《河源日报》）

发黄的借据

在整理父亲遗物的时候，我发现夹在一本书里的几张借据。借据已微微泛黄，上面均注明钱已还清，是二十多年来父亲借钱立下的字据。

所借数额多不大，最少的一次是一百元，发生在 20 世纪 90 年代初。一百元都要郑重其事地举债，可见当时家庭经济之拮据。父母省吃俭用，把一分钱掰成两半来使，让我和妹妹得以一直念到大学毕业。这些债，都是父亲为了供儿女上学而借的，钱早就偿还了，但儿女心头上的债务，却是穷尽一生都无法还清的。

这些钱全是向一位远房亲戚借的。只要我父亲开口，他基本上都是有求必应，因为他深知我父亲是那种不到万不得已不肯求人的人，我父亲开口借钱，必有急用；他也清楚我父亲是个恪守信用的人，说一不二，承诺今日归还就不会拖到明天，决不含糊。

去年中秋，我回老家拜访小学老校长时，言及我父亲的辞世，他甚为惋惜。他说在我们村子里他最佩服的有两个人，能担得起"德高望重"之名的，唯有这两个人，其中一个就是我的父亲。父亲以其善良、正直、仁义、清白、谦逊树立了良好的口碑，成了乡间道德的标杆，广受乡人敬重。一次，我们家请一位憨厚、健壮的同村小伙子搬土方，他花了几天工夫搬完之后，我父亲给他报酬，他不受，他说他父母交代他给别人干活要收工钱，但给我父亲做事分文都不能要。在我父亲的一再坚持之下，他才勉强收下了。

父亲生前常告诫我，做人一定要讲诚信、讲良知，不能放空炮，不能昧良心。我一直谨记于心，一诺千金，不瞒不虚，不欺不诈。在我大学毕业的那一年，我急需钱用，只好硬着头皮向一位做生意的熟人开口借五千元，并承诺过年前一定偿还，他很爽快地答应了，并要我找他的妻子拿钱。他的妻子打六折，借给我三千元。近二十年前，普通国家干部月薪不过是四五百元，三千元已不是小数目了。年底，我将自己参加工作后节衣缩食积攒的三千元钱如数偿还。不久之后，这位熟人因故举家远避他乡，杳无音信，让我再说一声感谢的机会也没有了，实在令人遗憾。

只有借过钱的人，才知道借钱其实是一件十分不容易的事情。别人肯借钱给你，看的是与你的感情和你的面子，尤其是你的人品与信用。如果借不到钱，你先不要急于埋怨别人，而是要先作自我反省。没有几个人的钱是从天上掉下来的，在借钱给人家的时候自然会在内心里"评估"一下对方还债的可能性。现实生活中，借钱时装孙子，还钱时变大爷的事情屡见不鲜，因借钱讨债而伤感情的事情实在太多了，所以人们在面对别人关于借钱的要求时难免会权衡再三，能推则推。

多年以前，应一位朋友的要求，我几乎倾尽积蓄，借给了他几千块钱，起初一二年里，他说过几次会尽快将钱还给我，后来就再也不提了，至今没有下文。又一次，我毫不犹豫地借钱给一位熟人，很长时间过去了，他只字不提还钱，后来我了解到他经常赌博，一场出入的数额远大于欠我的钱，根本不是没有偿还能力，于是我委婉地提醒他，结果他把钱还给了我，但此后他再也没有联系过我，显然是对我的讨债耿耿于怀。钱还了，友情却没有了，这样的事情让人很觉无奈。曾多次听人感慨：不借钱给人家，肯定失人情；但借了钱给人家，往往会伤感情。这就是借钱的两难。

父亲曾向关系更近的富裕亲戚借钱，却空手而归，而前述这位远房亲戚却一而再、再而三地借钱给我父亲，甚至经常主动提醒我父亲"有困难的时候尽管开口"，实在是难能可贵！是他的鼎力支持，让我家一次次渡过了难关。对于这位亲戚，我们一直心存感激，想方设法以各种方式回报他的恩德。几年前，在他逝世的时候，我因公务未能参加他的葬礼，无法送他最后一程，以至到现在我都不能释怀。去年，他的夫人辞世的时候，我专程回老家去吊唁，在她老人家的遗体前恭恭敬敬地叩了几个头，算是一点点补偿。

过去的那些人与事都像借据一样泛黄了，但人的风范和精神是可以永存的。我决定继续珍藏着这些发黄的借据，因为在我看来，这是对恩人和父亲最好的纪念。

2014 年 2 月 24 日写于河源

（原载 2014 年 3 月 12 日《河源日报》）

百年老砚

这是穿越和见证我的家族百年历史的砚台。

它比我的手掌略大些，毫不起眼，朴实无华，石质，嵌在木头底座上，盖上木盖之后，看起来就是一个完整的木盒子。木套表面斑驳陆离，已看不出原来的颜色，像雨侵风蚀的崖壁，每一条纹路都贮满沧桑，历史的质感非常强烈。

砚台是曾祖父留下来的，至于曾祖父那里是不是源头，现在已无从查考了。祖父三兄弟，祖父读的书多些，平日爱写字，后来开了一家小药铺，需要用毛笔记记账，自然离不开砚台，我想这大概是砚台传给我祖父的缘故吧。

很不幸，我的祖父、外祖父都与我素昧平生，我们的人生轨迹均毫无交集，大家就像是不同剧目里的角色。祖父在我出生前一二年就去世了，连一张像也没有留下，以致我根本不知道他长得是啥模样。外祖父年轻时远走香港，杳如黄鹤，一去不返，一张一寸的黑白照片是他给我的唯一印象。但这两位陌生人都有一个共同的特点，就是都能写一手好字。在父亲珍藏的泛黄的家谱里，我看到了祖父的毛笔字，蝇头行楷，笔法老到，字迹潇洒，外圆内方，颇具功力。据说以前家里的春联，都出自祖父之手。每当想起祖父，我的脑海中就会不由自主地浮现出这样的场景：一个清瘦的老头，端坐于药铺的柜台旁，手握毛笔，每蘸一下右上方的砚台，就在纸上写下几个字，态度虔诚，一丝不苟，一如他做人的严谨。

外祖父的毛笔字，我是在他写给我母亲的书信中看到的，俊朗飘逸，如行云流水。我不知道，他是否也有我祖父那样的砚台；更不知道，在写这些书信的时候，他是什么样的心情。据说，外祖父是当时村子里最有文才的人，但在那个暗无天日、兵荒马乱的年代，再有才华又如何呢？生不逢时的外祖父，在生意失败之后，只得选择远走他乡，在香港艰难度日，最后郁郁而终。大海造成了亲人的分隔，书信成了亲情传递的唯一通道。外祖父寄来的每一封信札，母亲都精心收藏，经常拿出来看看，睹物思人，黯然神伤。那种血脉相连的亲情和刻骨铭心的思念，只有当事人才会有深切的体会。后来由于辗转搬家，这些书信竟不幸散失了，一封也没有留下，这一疏忽永远也无法弥补了，就像我永远也不可能见到外祖父了，想来实在遗憾。

父亲几兄弟当中，只有他算是文化人，所以砚台顺理成章地传到了他的手里。自我记事时起，这方砚台就安身于我家一张简陋的书桌上，里面总是贮着墨汁。砚台只与笔墨为伍，与世无争，不问风雨，不管炎凉，一直坚守着自己的姿态和表情，淡定安然。过着正统乃至刻板生活的父亲，吃喝玩乐一样不沾，只要有空余时间，就坐在书桌旁，练习毛笔字，自得其乐，乐此不疲。有一种说法：书法使人长寿。父亲体弱多病，但活到了八十岁，活过了许多比他健壮的同龄人，这或许可以作为佐证吧。

写字费纸，家贫，父亲便收购小学生写完的作业本，用其背面书写。一管毛笔和三寸宽的本子，构成了父亲宁静的精神家园。他把喜怒哀乐注入笔端，把春夏秋冬凝成了一个个方块字。黑白之间，没有柴米油盐的纠结与家长里短的是非，只有醉人的墨香和忘我的境界。清教徒式的生活，却让父亲感到富足和充实。耳濡目染，小时候我也经常趴在父亲的书桌上，用毛笔涂鸦。虽然我在书法上毫无建树，但对书法作品一直有着浓厚的兴趣和深厚的感情，这显然来自于家庭的熏陶。

因写一手好字和有一定的文化基础，父亲成为闻名乡间的"先生"——在红白喜事中负责书写和打理礼仪事项的人。父亲极端负责，把别人的事情当作自己的事情踏踏实实地做，精益求精，而且从不开口索要报酬，从而成为村里最受欢迎的"先生"，其德高望重的声名在他身后仍光耀我家的门庭。像砚台不断地老去，"先生"这一"职业"也逐渐式微——乡下书法过得去的人本就凤毛麟角、且多不愿干这苦差事，字写不好的人自然挑不起这个担子，所以面临后继无人的尴尬，如今寥若晨星的"先生"几乎都是古香古色的面孔和老态龙钟的身影。

十多年来，多次搬家，老家什不断被舍弃，唯有这方砚台一直被妥善保存并使用着。不管在农村还是在城市，不管在瓦屋还是在楼房，砚台都气定神闲，静静地置身于书桌子的一隅，不问世态冷暖，不闻人间喧嚣。

父亲刚刚离去的那些日子里，我每次从外面回到家中看到砚台时，都会不由自主地产生父亲还在的错觉，父亲仿佛刚写完字，合上砚台，出去散步去了。但回过神来后，那种物是人非的感伤就会猛然袭来，瞬间将我重重包围，痛彻心扉的感觉难以名状。我祈求上天，能赐些笔墨纸砚给我父亲，让他好好打发天堂里寂寞的时光。

如今，这方砚台供我儿子练习书法使用。我对他说："这砚台是你爷爷的爷爷传下来的，用这方砚台的人都能写一手漂亮的字，你要认真练字，不要辜负了这方砚台！"每当看到小家伙站在桌子旁，手握毛笔，一笔一画地练字，我就仿佛看见一种精神和希望伴随着浓浓的墨香，自砚台冉冉升起，飘散开来，弥漫了天地之间……

这方砚台是名副其实的"传家宝"，它不但浓缩了几代人的血脉亲情，更传承了我们家族的文脉精神。面对砚台，就像面对长辈如炬的目光，这目光直入我的灵魂，让我不敢昏睡，不敢懈怠。

在这个速朽的世间，有多少东西能扛得起百年的岁月？一方毫不起眼的砚台，却获得了一个家族百年的敬重！又一个百年之后，这方小小的砚台，定然还会静静地伫立于我后人的书桌上，一如既往地散发着醉人的墨香……

2014 年 7 月 24 日写于河源

（原载 2014 年 8 月 31 日《惠州日报》）

师爱如母

　　不久前，分散在天南地北的一些同学相聚在天津，为大学时的班主任王老师举办了金婚庆祝仪式。限于时间而无法成行的我，只能通过微信了解师生相聚的场面，感受他们久别重逢的喜悦和恩师历经半个世纪婚姻的幸福。系列照片中，王老师最多的表情仍然是一如从前的微笑。这微笑自我第一次见到她时，就一直深深地留在我的印象中。

　　那时，我刚踏进陌生的大学校园，作为班主任的王老师把我叫到身边，询问我个人的有关情况。我那南方口音挺重的普通话让王老师听起来十分吃力，但她并没有表示不耐烦，而是给予了相当的宽容，并耐心地询问和倾听，脸上还露出淡淡的微笑。至今依然清楚地记得自己竭尽全力想准确地表达心中的意思却咬字不准的困窘，恩师慈母般的微笑，像一束春晖，柔柔地照进我的心房，渐渐消去了我紧张的情绪，并让我很快就找到了对这个班集体和陌生环境的归属感。

据说，这是王老师从教以来首次当班主任。从年龄上说，她当我们的母亲绰绰有余，而事实上她就是把这班学生当作自己的儿女来看待的，几乎把全部的心血都倾注到我们的身上。

当两位"不知天高地厚"的同学因为违纪而受到学校处分时，王老师那种发自内心的焦虑，分明是母亲才会有的神情。那是第一学期的期末考试，这两位同学因考试犯规被学校做出"淘汰警告"的处分。这是十分可怕的处分，因为如果连续两次受到"淘汰警告"就得卷铺盖回老家了。在那个高考被称为"千军万马争过独木桥"的年代，考上大学是光宗耀祖、轰动左村右庄的大事，倘若被开除学籍，那是多大的损失和不幸呀！根据学校的规定，适用"淘汰警告"的情形除了考试作弊之外，还有其他严重违纪和英语第四学期考不过四级等，也就是说这两位同学如果稍有不慎，再触一次雷，人生就要改写了。所以王老师那个急呀！经常对他们耳提面命，跟踪督导，生怕他们再有什么闪失。好在这两个家伙还算争气，从此洗心革面，夹着尾巴做人，不敢再逾越雷池半步，终于逢凶化吉，躲过灭顶之灾。

班上有一些同学家境不太好，经济拮据，王老师总是想方设法为之争取勤工俭学的机会。我也有幸受过这样的关照，有偿为学校整理档案。这既是一个学习的机会，又可以获得一定的报酬，可谓一举两得。虽然一天才挣到十块钱，但当我领到几张自己挣来的钞票时，一种劳动和能力被认可的成就感油然而生。可别小看了这十块钱，在那个年代，几毛钱就可以在学校食堂吃上一顿饱饭了！想到几十年乃至上百年之后，母校的档案室里可能还保存着我整理过的档案，档案盒上有我幼稚嫩但用心的笔迹，内心更是感到无比的自豪。

一个寒假，我和 W 君留校，家在本市的 G 君推迟离校回家，王老师便叫我们去她家吃饭。全班同学中吃过王老师亲手做的饭菜的，恐怕就只有我们仨了吧。在冰天雪地的北国，临近春节、洋溢着师爱的这顿饭，让我这个家在五千里之外的游子倍感温暖，感念至今。吃饭前，我们把老师家所有的窗玻璃擦得干干净净的。她家住二十楼，像万丈悬崖上的鸟巢，手可摘星辰，站在窗台上往下看不禁两腿发软，擦窗户这样的活儿只能由我们年轻人去干了。王老师亲自下厨，执刀挥铲。课堂上主讲文书学的教授，系上围裙马上就成了家庭巧妇、厨艺高手，把锅碗瓢盆交响曲奏得悦耳动听。

从厨房里飘来的香味，令我们垂涎欲滴。王老师的丈夫、我们学校的党委书记蔡教授也经不住诱惑，倚在厨房门边默默地看着夫人炒菜，像一个嘴馋的孩子，让一份亲切感掺入了我原本对他的纯粹的崇敬之情里。

我是学校广播台的编辑。蔡书记一次出席我们台的全体会议并训话。在长达二十分钟的讲话中，他根本没有稿子，但口若悬河、条分缕析、行云流水、干脆利落、毫不拖泥带水，几乎没有废话，让我佩服得五体投地。他曾任某省商业厅负责人，而王老师当时也在银行工作，在计划经济时代，这可都是令人艳羡的"金饭碗"，但他们骨子里是知识分子，向往的是更清净的生活，所以双双选择了换职高校。尽管贵为一所大学的党委书记，但他们所住的房子只有两室一厅，大约六七十平方米吧，狭窄的客厅，朴素的陈设，茶几当饭桌，他们却显得很满足，怡然自得，这种对物质生活淡泊超然的态度，深深地影响着我。

记忆中，慈眉善目的王老师曾有过两次发怒的经历。大一时，一些较为激进的同学对班委有看法，便自发组织了一次"民选"班委的行动。选举不设候选人，也没有任何倾向性意见，只规定名额，选票就是一张白纸，全班任何一位同学都是被选举的对象，而且当场计票。这种背着班主任的"政治运动"，让王老师勃然大怒，在次日的全班会议上狠狠地把大家教训了一顿，并愤然宣布，此次选举非法，无效！选举失败了，不过王老师后来还是逐渐改组了班委。

当时，英语被提到了至高无上的地位，学校规定，英语考不过四级的，不准毕业，其中第四学期拿不到四级证书的，淘汰警告一次。一部分同学的英语基础较差，到第四个学期仍未拿到四级证书，吃了一张"黄牌"。第五个学期，王老师要求这些同学务必参加补习班，不参加的须立下军令状，确保本学期通过四级考试。出人意料的是，他们中的大多数竟然选择了后者。他们雄赳赳、气昂昂地把保证书交到讲台上。

这一举动激怒了王老师，只见她猛地站起来，狠狠地把所有保证书撕得粉碎，声色俱厉道："你们拿什么保证！如果过不了怎么办！拿不到四级证书就不准毕业，难道你们不知道吗？十年寒窗之苦这么快就忘记了？你们几乎是父母全部的希望，是整个家庭的希望，难道你们不清楚吗？没过四级的，全部必须参加补习班，交不起培训费的我负责！"说到动情处，王老师声调都变了，眼里闪烁着泪花。气氛异常紧张和尴尬，大家噤若寒蝉，面面相觑，大气不敢出，只有王老师激昂的声音在教室里回荡，在我们的心里激荡。这是王老师对我们发过的最大的一次脾气。这一情景深深地震撼了我。我想，若不是把学生视为己出，忧学生之所忧，恨铁不成钢，老师怎么可能动这么大的肝火呢？

最后一次见王老师，是在我们毕业离校的时候。当时，尚有教学任务的王老师抽空赶来为我们送行。她叮嘱我们路上要注意安全，尚未确定工作的同学要尽快找到工作，大家走上工作岗位之后要好好干。她环顾在场的每位同学说："回去吧，祝大家一路顺风。后会有期。"然后轻轻地拭了拭眼角的泪花，挥一挥手，转身走向教学楼。途中，再一次回眸挥手。这是一群她带了四年的孩子，这是一群她倾注了无限爱心的学生，现在他们就要展翅高飞，各奔前程了，此地一为别，难有相见时，可以想见她心中是何等的难舍和感伤！

乌飞兔走，流年似水。七千多个日夜转瞬间就过去了，包括我在内的许多同学再也没有见过王老师。毕业十周年时，在我与几位同学的策划下，我们班在母校搞过一次聚会，到场人数约一半，我因杂事未能参加。那个淫雨霏霏的夜晚，我正坐在车上赶路，黑黢黢的群山、田野、村庄不断地掠过车窗，就像往事一幕幕在我的脑海中浮现。我一手抱着熟睡的儿子，一手握着手机，同学们轮流与我通电话。从电话的背景音和大家的语气中，可以清楚地感受到聚会现场热烈的气氛和亲密无间的同窗之情。王老师也与我通了电话，一如既往的亲切，一如既往的关怀，我完全可以想象，此时挂在她脸上的，肯定是一如既往的微笑。

无形的电波源源不断地传递着浓浓的师生谊和同学情，把千山万水相隔的我们紧紧地连在了一起，那一刻，我仿佛回到了遥远的子牙河畔，那处处洋溢着青春朝气的校园，我们一起畅想春光，纵情夏雨，放歌秋风，曼舞冬雪……

2016 年 2 月 9 日写于河源

（原载 2016 年 3 月 23 日《河源晚报》）

永远的泪

　　五年了，那飘飞的泪水，依然闪烁在我的眼前。我一直认为，那是我一生中最真诚的泪水！

　　那个七月，对于别人来说，或许平淡无奇，已经了无痕迹；而对于我和同学们来说，那是生离死别的日子，永远也无法忘怀。

　　毕业，意味着我们一起构筑的热闹繁盛的大学时代的终结。别离，意味着四年朝夕相处的同窗将各奔前程，星散于五湖四海，以后的日子里，或许再也不会有相聚的时候了，说是生离，其实无异于死别。离校前的那些日夜，校园里笼罩着浓浓的感伤气氛。

　　分别前夜，我们班在学校的饭店里聚餐。平日如慈母般经常告诫我们不要喝酒的班主任，破例允许我们上酒。她深深理解这群带了四年的学生，此时此刻，酒是他们宣泄离愁别绪的最好载体。酒精将离别的气氛烧得更浓，席上不少人不能自已，失声痛哭，抑制住哭声的同学也泪流满面。回到宿舍，谁也不肯上床睡觉，各自握一瓶啤酒，席地而坐，就泪而喝，亦谈亦歌，至晓之将临。

我们因缘而相识，因识而相知，其情纯如赤子，不沾染半点世俗功利的灰尘。其间，或曾有误会、有小过节，或曾红过脸，乃至出过手，但这些小小的恩怨较之于我们纯真的情谊，根本不值一提，在分别之际便一笔勾销了。此刻，我们只记得彼此的好处，只记得携手共同走过的日子。

曾经，我们一起探讨经济政治、哲学人生、文学艺术、历史天文，意气飞扬地谈中论洋、褒贬古今，豪情万丈地抒发抱负、畅想未来。我们吟"大江东去""直挂云帆"，诵"天生我材""激扬文字"，为理想而歌唱，为青春而礼赞，为真善美而鼓而呼……

无数次，我们迎着凛冽的寒风，早起晨读；披着深沉的夜色，抱书而归。无数次，我们置身于林立的书架之间，贪婪地撷取精神食粮；端坐于昏黄的烛光之中，心无旁骛地奋笔疾书。为了一个满意的答案，不惜打破砂锅问到底；为了弄清楚一个问题，往往唇枪舌剑不得出结论不罢休，有时吵得脸红脖子粗，差点动手打架。

我们睁开虽不乏幼稚但犀利冷静的眼睛去观察世界，看到了许多令我们怦然心动的真实的东西；动用虽不乏天真但真正属于自己的脑子去思考古往今来的人世，产生了无数让我们激动不已的见解。我们不再是随风飘荡的杨花、随波逐流的扁舟，而是搏击长空的飞鸟、主宰浮沉的鱼儿。我们憎恶繁文缛节，嘲笑道貌岸然。一个个偶像在我们的面前灰飞烟灭，顶礼膜拜的丛林里有我们肆意的笑声。

我们不再背着双手一本正经地听老师讲授解题秘诀，不再在老师鹰一样的目光注视下屏声静气地写作业。我们认为有选择听课的权利，敢于对念教案混饭吃的教授说不。我们在火热的运动场上尽情地挥洒汗水，在秀丽的子牙河畔无羁地抒发浪漫情怀……

可惜，这样的日子过得太快了。似乎是不经意之间，四年时光就悄悄溜走了，未及细细品味，分离的时刻就来到了眼前。尽管我们心里实在舍不得分开，但谁也无法改变这曲终人散的现实。

那个朝霞满天的清晨，我们送第一批离校的同学到校门口坐车。太阳像平日那样悠然地坐于云端，没心没肺地绽放着笑脸。她哪里知道，此时执手相看泪眼的同窗，心里是何等的凄楚和悲伤！两位平日形影不离的女生，相拥着哭得死去活来，久久不愿松开。抽空赶来为我们送行的班主任怕其中一位先走的女生误了火车，只好命令同学们硬是将她们分开，将这位女生推上了车。那孩子般清纯的哭声，像汽车重重碾过我们的心脏，痛得我们喘不过气来。泪水瞬间模糊了我的双眼，鼻梁上的眼镜显得异常沉重。我分明觉得这世界是如此的凄惨：连草木也满含着悲泪！

我一遍遍地往返于宿舍楼与校门口之间，一批批地送走同学，一回回地感受揪心之痛，一次次地抹掉无法抑制的泪水。

全校绝大多数毕业生都于这一天离校，他们与送行者使校门口成为人的海洋、泪的海洋。人们三五个一组、七八位一群，有的号啕大哭，有的默默淌泪，有的谆谆话别，有的无语凝噎。说不完知心话，流不尽别离泪。我想，在这真情毕露、别绪浓厚的氛围中，纵然你心肠如铁石般坚硬，也不可能抑制住你的眼泪。

我与另外三名同学离校的时候，尚未离去的同学都为我们送行。在去校门口坐车的路上，我强作轻松地与送行的同学们开玩笑，但上车前与同学相拥的那一刻，一种从来没有体验过的无比巨大的悲伤突然包围了我，使我浑身震颤，泪水夺眶而出，顿时泣不成声。同窗之间未必都情同手足，但一起生活了四年，朝夕相处，今日挥手相别，各奔东西，此去不知何日再相逢，自然是有许多话要说的，但此时此刻，只是凄怆地哽噎出这么悲壮的一句："兄弟，好好干,后会有期！"万千心中话，只能用扑簌簌的泪水来表达。"人生自古伤别离"，此刻，对这句话我总算有了切肤彻骨的体验。

坐在驶向火车站的汽车上，看着昔日无数次走过、今生或许再也不会重走的街道迅速地往后退，我深深地意识到，那朝气蓬勃的学生时代已退成了我的背影，那充满激情的峥嵘岁月已渐渐地离我而去，心中无限失落、无限悲凉，其意无言以达，怅然默望苍穹，唯有泪千行……

在我即将上火车的时候，执意从学校送到火车站、泪迹未干的几位同学，或握着我的手，或扶着我的肩，又泪如泉涌。看着几个堂堂七尺男儿，在大庭广众之下泪花飘飞，候车的旅客都投来好奇的目光。他们哪里知道，这男子汉的泪水并不是轻易挥洒的柔情，而是对友谊至诚至高的颂歌！只有我们才清楚它非凡的分量。

"兄弟，回去好好混，混出点名堂来见我！"一位同学抽泣着对我说。

我含泪点点头："大家都要好好奋斗，我衷心期待着你们成功的消息！"然后，深情地看了他们一眼，哽咽着说："弟兄们，我走了，多保重！后会有期！"说完，提着行李，黯然走向月台。

因站方限制而无法进入月台的同学们，只能隔着候车室的玻璃门向外张望。在登上天桥的时候，我再次回首，看见同学们眼里饱含着泪水，在拼命地向我挥手，我也拼命地向他们挥手，心如刀绞，泪如雨下。我默默地在心里说："别了，弟兄们！此后，我们将远隔天涯了，但愿今生我们还会再相见，还会并肩漫步、促膝谈心、嬉笑怒骂、一醉方休……"

这时，苍凉的汽笛遽然响起，令人断肠，我凄然转身，大步走向列车……

恍惚间，五年过去了，但那晶莹的泪滴，依然挂在我的脸颊。同学们那频频挥手的身影和痛苦之极的表情、母校门口那依依惜别的情景和泪雨倾盆的场面，深深地烙在我的心中，永远无法忘却。

有朝一日，我或许还会重返津沽，徘徊于子牙河畔，旧地重游。那时，物也许还是，但人事绝对已非矣！我恐怕只能呆呆地站在那片辽阔的热土上，像王勃那样伤感地咏唱："阁中帝子今何在？槛外长江空自流。"

2001 年 5 月写于河源

（原载《河源青年》杂志 2001 年第 4 期）

情似子牙水

　　1997 年秋，大学毕业一年有余，吾发起创办同班同学通讯小刊物，以联络彼此感情。因母校位于天津子牙河畔，故刊名定为《子牙情》。此系吾执笔起草之创刊词。

　　同窗四载，一朝别离。筵席虽散，亭台犹存。

　　乌飞兔走，回首已是数百日夜。物换星移，凭栏嗟叹逝者如斯。

　　心中仍存浓重之别绪离愁，眼前犹有飘飞之诚真泪水。久别无任驰想，长离思念良殷。念昨日，子牙河畔同窗苦读朝夕共处峥嵘岁月；叹今天，天涯海角各奔前程千山万水星稀天空。经历无数，独校园生活镂骨铭心；朋友之多，唯同学之情至纯至美。

相识满天下，同窗有几人？盈虚未必有定数，此缘全凭造化意。不因名来，不为利往，披肝沥胆，心贯白日。同学一场，感念一生。

为延昨日同砚情谊，为添人生温馨情愫，吾与勇平兄特筹办此小刊，不定期编印，仅供内部交流。倘各位拨冗赐览之余有所眷念感想，则平兄与鄙人之愿达矣！

同窗之现状、职务之变迁、工作之成绩、业余之生活、家庭之情况、母校之动态、同学之聚会、往事之回眸，凡此种种，均可列入；也可表同窗之情，述生活甘苦，达人生感受。包罗万象，发彼此关注之讯；敞开心扉，畅心中欲吐之言。不拘一格，不胜企盼，敬请惠递。

事关彼此，尚祈各位群策群力、鼎力支持、同舟共济。

此形式仅为平兄与鄙人之一厢情愿，其运命如何，不免耿耿，众同门有何妙招高谋，敢请明教。天涯一心，殊途同归：为了我们的情谊！

以吾之德才及班上之身份地位，本无占此开篇致辞之格，故惴惴不已。然此事乃吾与平兄筹划，平兄已承起编辑重责，吾理应分担些许事情，且自虑一心为刊，别无他图，故斗胆厚脸握管，尚希众同窗曲予海涵。

念子牙之水源源长流不息，愿同窗之情悠悠青山不老！

1997 年 10 月 3 日写于河源

十年魂梦与君同

2006年5月，我们天津商学院（现天津商业大学）
原企业管理（秘书）921班同学在津举行毕业十年聚
会，我因故未能参加，特作书面发言。

此刻，虽然我与大家相隔遥遥五千里，但我似乎看到了
一张张灿烂的笑脸，听到了一声声发自肺腑的话语，感受到
了真情弥漫、激动人心的相聚氛围。

十四年前，我们一帮满怀理想与憧憬的青年，相聚在子
牙河畔，同窗苦读，一起度过了四年美好的时光。毕业之后，
我们星散于五湖四海，飞翔在各自的天空，寻找着绚丽的梦想。
在这和风拂面、月季飘香的时节，在分别十年之后，大家又
故地重逢，欢聚一堂，畅叙幽情，这是我们班集体一次隆重

的盛会，也是我们人生中一件难逢的盛事，必将在我们的班史上留下浓墨重彩的一笔，也必将在我们的人生中留下弥足珍贵的记忆！

十年前的生活，还历历在目。刚刚走进天商校园时的新奇，彼此初次见面时的拘谨，平生首次看到雪花飘落时的惊喜，子牙河畔夹着欢声笑语的炊烟，大家争论问题时脸红脖子粗的模样，毕业分别时肝肠寸断、泪如泉涌的场面……这一切一切恍如昨日，犹在眼前。

俯仰之间，十年就过去了。仔细想来，真的是光阴似箭，日月如梭，人生百年，也不过是白驹过隙，稍纵即逝。

十年，虽不至于沧海桑田，但足于改变许多事情。一张张或许依然熟悉的脸上，应该平添了几分成熟与沧桑；一颗颗或许依然充满激情的心灵，可能多了那么一点点疲惫与风霜。

十年，人生能有几个十年？！再过三个十年之后，我们都将是年逾花甲之人了。那时，我们皱纹如壑、步履蹒跚、老眼相对、华发互映，回首走过的人生旅程，不知将会发出什么样的感慨！

我始终认为，同窗之情是人生中最纯最美的情愫之一。同事走马灯似的更换，酒桌上的朋友来了一拨走了一拨，唯有同学的称呼"从一而终"、永远亲切，唯有同学你可以素面以对、开门见山。十年前分别时那涌自内心深处、怎么止也止不住的眼泪，足以证明我们亲同手足、感天动地的深情厚谊！我与勇平君创办同学通讯刊物《子牙情》，数年不辍，也正是为这种情感所驱使。《子牙情》是我们共同的刊物，是延续和升华我们同窗之谊的载体，它的出版离不开各位同学的支持，希望大家一如既往地关注关心，鼎力支持，多出主意，多供稿件。我和勇平君会尽自己的最大努力坚持把它办好、办下去。

从别后，忆相逢，十年魂梦与君同。十年来，我回忆最多的往事，就是大学生活。我常常怀念大家曾经携手走过的日子，怀念曾经相处四年的老师和同学们。十年来，我一直希望而且坚信我们这些天各一方的同学，还能重聚一堂，促膝谈心，抚今追昔，尽情欢笑。早在去年1月，我就以《子牙情》的名义发出了十年聚会的倡议；今年1月，我又参与了聚会具体方案的草拟，自然是十分想参加这次难得的盛会，怎奈公务所缚，百事丛杂，分身乏术，无法赴津，心中遗憾之情，非笔墨所能形容！

在天商求学的几年里，众多老师，特别是班主任王银清老师，对我们关怀备至，呵护有加，精心培养，谆谆教导，为我们的成长和成才付出了无数的汗水和心血。我要借这个机会对他们表示最衷心的感谢和最崇高的敬意！

今天，我们都在为各自的事业和梦想奋斗着、拼搏着。有的在商海运筹帷幄、乘风破浪，有的在政界兢兢业业、恪尽职守，有的在教坛辛勤劳作、呕心沥血……我想，不管从事什么职业、干什么样的工作，只要我们踏踏实实做事，老老实实做人，尽自己最大的努力，创造最好的业绩，就是人生价值的充分体现，就是对母校和恩师们的最好回报。

期待不久的将来，大家再相逢，欢声笑语，曼舞长歌，把酒临风，一醉方休！

海内存知己，天涯若比邻。

坚信我们班永远都是一个整体，旗帜高扬！

坚信我们的友谊之树枝繁叶茂，万古长青！

永恒的财富

暑假，回到了阔别一年半的家乡。家已从乡下搬到了县城。住在新的地方，很想回老家去看看，会会熟人，也想顺便去取一批旧信和书刊。搬家时因物件较多，不急用的就被暂时留在老家了。因朋友往来频繁，又几乎天天下雨，故一直难以成行。就在返校的两天前，我终于如愿回了一趟老家。屋子里很乱，书刊等东西杂乱地堆放着，所幸一叠厚厚的信件很整齐，保存完好，一颗长时间提着的心终于放下了。

我一直认为，这些书信是一笔难得的巨大财富，是友情亲情的最好见证，所以倍加珍惜，全都保存了下来。回到城里，我仔细地进行了整理，按时间顺序分门别类装订好。这些小册子叠起来，便是蔚为壮观的大部头。

这些信札多来自熟悉的亲戚朋友，尤以中学同窗好友为多。中考、高考是一个比一个残酷的战役，中考攻坚战打下来能"幸存"的已为数不多，高考肉搏战之后能凯旋的更是凤毛麟角，所以仍然在大学校园里深造的中学同窗极少，绝大多数为命运所驱使，各奔西东。有的中专毕业后端上了铁饭碗，有的回农村战天斗地，有的在商海搏击风浪，更多的是在经济发达的珠三角城市打工。分别后，我与他们中的大多数没有再见过面，其中要好的靠几个月、甚至一年半载一封的书信保持着联系。信往往都是越来越少，越来越短，有的短得像电报，三言两语，轻描淡写，每视之，不禁感慨；后来许多人逐渐就失去了联系，杳无音讯，不知身居何处、做哪番事业，每想起，不由伤怀。好在，还保留着他们的书札，可以看看熟悉的笔迹，品味亲切的文字，回忆他们的笑脸，重温当时看来平淡无奇、现在却觉得很有意思的一桩桩往事……

有一部分信札来自素不相识的远方笔友，个别是邻市的，更多的是外省的，远至新疆、吉林这些我只能靠想象力抵达的地方。他们都是在看到我发表于刊物上的文章之后，给我来信的。有的对我文章提出意见，有的请我指点迷津，有的向我诉说烦恼，有的与我探讨人生……我信奉礼尚往来的古训，怎奈当时功课甚紧，实在无法一一回复，让部分朋友失望了。这些书信从侧面反映了我在文学道路上苦苦求索所取得的一丁点成绩，曾吸引过不少同学羡慕的眼神，为我赢得过一阵子的风光，为我对文学的追求提供了不小的动力，给我以后的人生留下了美好的记忆。时隔一千多个日夜后重见，旧荣重温，犹有自豪之感，但倏忽即逝，取而代之的是阵阵歉意。我想对这些远方的朋友说，虽然我们从未谋面，没有长期保持联系，有的甚至没有收到我的回信，但我会记住你们的姓名，珍藏着你们的文字。感谢你们曾给我的信任和祝福！

还有一些是近亲远戚、报刊编辑等的来信。我本想把所有旧信都细细地品味一遍，以慰与亲友不能相聚之憾，以抚追忆陈年往事之心，以求直面人生风雨之力，可惜返校日期已至，既要处理行前事务，又要和尊长亲戚告别，只好怀着遗憾的心情把这些书信放在柜子里，让它们和我珍贵的日记本、集邮册和剪报本放在一起，等到一个长长的别离结束之后，再与它们相见。

这是一笔值得永远珍藏的财富，我为拥有而感到幸运和幸福。

1994 年写于天津

（原载 1995 年 7 月 20 日《天津邮报》总第 212 期）

难　舍

　　大学四年里，收到了大量的书信。为了节省书桌抽屉的有限空间，我把每一封信都展开，整整齐齐地叠放在一起，而信封除每一位"作者"各留下一个作为代表外，其余只得忍痛舍弃了。

　　一大摞信札，就像一部厚厚的书稿，每一封都是一颗热情赤诚的心，每一页都浸透了浓郁的亲情友情，每视之，心中都有充实、温馨和惬意的感觉。

　　转眼间，就要毕业了。对于行李的整理，我是以精简为原则的，本想网开一面，对信札予以特别照顾，一封不少地带走，但考虑到便于将来翻阅和保管，还是决定予以适度裁减。

　　于是，我便当起了"编辑"，对每一封信都认真地重新审阅，生怕把该留下的舍弃了。重读这些旧札，各种人生尽收眼底，万千滋味涌上心头。那些老友们的来信，由于大家都比较知心，所以少了客套虚情，更多的是真情实感的流露。或探讨人生，或憧憬未来，或倾诉困惑，或发泄牢骚，畅所欲言，无所顾忌。他们的喜悦，在我的心里掀起阵阵热浪；他们的伤感，使我的心空阴霾密布。透过或俊逸端庄、或率性潦草的文字，我的耳畔响起的是熟悉的声音和热切的心跳，我的面前浮现的是亲切的脸庞和清晰的往事。我陶醉在陈年老酒般芳醇的真情里，深深地理解了"人生得一知己足矣，斯世当以同怀视之"这句话的内蕴。

我是心慈手软的"编辑"，不忍心"枪毙"一篇稍有可取之处的作品，所以仔细地筛选了一遍之后，仅淘汰了那么几封书信。这可不行，这和不精简有多大的差别？于是决定"心狠手辣"起来，重整旗鼓，再过滤一遍。这一次，小有斩获，尽管只是稍胜一筹。

那些劫后余生仍是厚厚一叠的信札，与我的一大捆书一起，被寄回了家。其余惨遭淘汰的书信，其结局可想而知。不过，至今，它们仍放在我的抽屉里，我想尽量让它们多存在一些时候，让"悲惨"的时刻晚点到来。

1996 年 6 月 26 日写于天津

（原载 1996 年 8 月 10 日《天津邮报》总第 251 期）

惊人之举

工作有了着落以后，便迫不及待地提起笔来，给曾经同窗四载、现已各散西东的砚友们写信，询问大家的近况，诉说分别后的思念，讲述自己的经历和现状，倾诉工作生活中的委屈与烦恼……

看到我在郑重其事地写信，同事们都用怪怪的眼光盯着我，以十分惊讶的语气问道："怎么？你还写信？"他们说，已经记不起什么时候写过信了。我更是感到诧异，想不到这么平常的事情，在这些先于我工作几年的同事们眼里，竟然似惊世骇俗之举。

校园内外着实是两个性情迥异的地方。社会是一副催熟剂，不少刚脱下学生装的人，很快就"成熟"了许多，不自觉地把写信看成是天真幼稚的行为，轻易不再动笔，偶尔为之，也往往是轻描淡写，三言两语，寥寥数行，敷衍了事，没有了以前的洋洋洒洒、热情洋溢、扬葩振藻、一唱三叹。

当我和那些初中、高中时的同学们都在各自的高中、中专或者大学求学的时候，虽然课业繁重，但彼此书信往来频繁，说各自的学习和生活情况，叙在异乡的经历和见闻，谈理想、人生、未来，论家事、国事、天下事……盼老友们那寄自东南西北的来信是焦虑的期待，却又不乏幸福的感觉；读老友们那细细而述、娓娓而谈、畅所欲言的书信，是深刻的心灵沟通，是愉悦的精神体验。尺素传情愫，天涯若比邻。虽天各一方，但如晤言一室之内，共酌花月之间，是人生一种难得的享受。然而，老友们纷纷走出校门，迈入社会之后，来信便日益稀疏，后来相当部分干脆失去了联系，杳无音讯。我常为越来越多的旧雨"失踪"而伤感。

大学毕业分别时，室友们真诚相约：今后大家一定要保持联系，每年至少要写一封信。应该说，这是非常微薄的要求，不过是举手之劳，再忙也可以办得到。然而，我们将会坚持多久呢？我真的不敢说，毕竟时间和社会的力量是巨大的，或许不久以后我身上的"天真"和"幼稚"也会被社会的洪流冲洗殆尽，在看到像我这样走出校门的人"还"写信时，我可能也会面露讶异之色的。倘若果真如此，我想是有些可悲的。不过，在那时看来，这或许只是书呆子的多愁善感吧。

科技的进步不断地改变着人们的通讯方式。如今，有线电话已十分普遍，无线手机也必将风靡世界，人与人之间的联系越来越便捷。一"机"在手，不但可以"漫游"神州，还可以"信步"全球。但是，作为沟通交流的手段，电话和书信各有优势，电话并不能完全代替书信。书信是进行深入细致的情感交流的有效工具，是可以细斟慢酌、反复体味的玉液佳酿。电话方便只能是少写信的理由，但绝不是不写信的借口。

1996 年 10 月 4 日写于河源

（原载 1996 年 10 月 30 日《天津邮报》总第 259 期）

陌生的朋友

念高中时，我在《辽宁青年》杂志上发表了一篇散文，结果收到了十几封来自辽宁、新疆、广西、福建等地的书信。写信的有中学生、大学生，也有军人、技术员，都是一群充满活力、感情丰富的青少年。一下子拥有这么多天南地北的朋友，我很是自豪，那些日子走路也格外轻快。

对于我的那篇文章，他们在信中很认真地谈了自己的体会和看法。多是认同和赞赏，也有一位读者提出了真诚的批评，这是一片叫好声中的一盆冷水，其语气虽比较委婉，但不满之意明显流露于笔端。虽然他的意见源于对我文章中某些文字的误解，有偏颇之处，不过这盆冷水使我清醒地意识到，世间总有一些冷静的眼睛在盯着你，你的一举一动都在它们的视野之内，为文做事都要谨慎周全，任何时候都不可忘乎所以、随心所欲。这是对我的提醒和鞭策，所以这封书信及其作者给我留下了最为深刻的印象。

写信人有的诚恳地向我求教作文之法。在他们看来，能使自己的文章堂皇地刊登在一份全国较有影响的杂志上的人，即便不是高手，也必然有什么绝招。但很惭愧，我的写作技术其实并不怎么样，没有总结出什么独特的经验，更没有掌握"一招制胜"的秘诀，我也经常为写不出好文章而苦恼，至于那篇刊登在《辽宁青年》杂志上的短文，可能是因为文中的某些东西打动了编辑，让他在堆积如山的来稿中选中了它，更多的是彩票中奖般的运气成分。不过，既然人家虚心请教，焉能置之不理？于是只好写些"多读多写"之类放之四海而皆准的体会给他们，正如医术平庸的郎中，拿不出什么对症之药方，只好开些维生素、万金油之类的东西安慰一下患者。

他们无一例外都表示希望与我成为书信往来的朋友。从冰天雪地的北国到四季常绿的南方，都有鸿雁传书、相互关心的朋友，是大好事，我当然乐意。然而，我那时正值学习紧张阶段，成天为语数外忙得焦头烂额，为政史地累得精疲力竭，恨不得将一天拉成两天来用，巴不得能在教室通宵达旦不熄灯，能有多少"不务正业"写信之"闲情"？只得尽最大的努力，见缝插针地回复了一部分，因而欠下了一些信债，很对不起这些充满期待的朋友。可以想象，望穿南方的天空，而鸿雁杳无踪影，他们是何等的失望！

多年来，生活的城市换了几个，家也搬了好几次，但我一直珍藏着这些来信，珍藏着这份青春的记忆。今夜，坐在另一个城市的灯下，我又一封一封地重读这些信札，甚为自己当初负于他们的热情而愧疚。面对这些风格各异的文字，我的眼前浮现出一群多姿多彩的青年群像，他们是那么年轻、热情，朝气蓬勃，富于理想和激情，希望上进，渴求成功。如今，他们肯定也像我一样在为事业而苦苦奋斗，为生活而操劳奔忙……

窗外，春雨淅淅沥沥，就像他们如歌如诉的文字，又像他们真纯无拘的笑声。我一个个地念着他们的名字。不知道，他们是不是都过得很好。

1999 年 3 月 10 日写于河源

（原载 1999 年 12 月 10 日《天津邮报》总第 371 期）

无　言

又收到一封大学同窗的来信。薄薄的，不用拆我也知道，里面除了孤零零一张"调查表"之外，什么也没有。

数年前的七月，一起学习和生活了四年的同学，依依难舍，挥泪相别，踏上各自征程，奔赴五湖四海。从此，我们这个班对于学校来说便成了历史，而对于我们来说也只有在记忆中才是整体了。天下这么大，偏偏这来自全国近二十个省的五十人能够被安排在一起，朝夕相处，亲如一家，这是什么样的机缘巧合！纵使人生百年，又能有多少这样的情缘与福分？所以这是应该倍加珍惜的情感。因为这种情感的驱使，好事的我，拉上在广西南宁工作的同学阙君，创办了一份通讯刊物，以构建一个同学间沟通交流的平台，让大家在毕业后还能找到"家"的感觉和温馨，延续在校园里结下的深情厚谊。

刊物主要由我组稿、编辑，阙君负责排印、发行，不定期出版，以邮寄的方式送到每一位能联系到的同学手里。想不到，班主任王老师对这份小刊物予以充分肯定，并欣然捐了一笔钱作为出版经费，此举让我和阙君十分感动，备受鼓舞，竭尽全力把刊物办好。

为比较全面系统地展示同学们的工作、事业、生活等近况，满足大家对同学的关注关心之需，去年冬我计划在此刊物上做一个关于同学现状的专题。为了方便大家回答问题，节约时间，我精心设计了一张简洁明了的问卷调查表，多是选择题，只有少量的填空和简答题。

令我颇为失望的是，回寄的调查表姗姗来迟，到截止日才收到几张，三四个月过去了，回收率尚不足三成。我想，我的这个专题恐怕做不成功了。更让我觉得遗憾的是，这些平时难得联络的同学多是一副公事公办的样子，只寄来这份调查表，连一封电报式象征性问候的短笺也没有。他们只是按要求在调查表的选项上打几个钩，写几个字，有的甚至连几个字的填空题和简答题也懒得做。就像我平时收到的公函，没有多余的话语，也不带什么感情色彩，不拖泥带水，干净利落。

大家分别才几年，难道这么短短的日子，我们之间就已经没有了语言？果真如此，那么时光也实在太可怕了。

这些年来，同窗的书信就像暮春枝头上的花朵，日渐稀疏，有的更是成了奢侈品，难得一见。毕业时，"以后多联系"的殷殷嘱咐已成泡影，"有朝一日再相聚"的信誓旦旦不得不使我产生了怀疑。

　　或许，光阴真的会改变一切，包括感情。多年以后，我们之间本就脚印零落的路径很可能会被野草覆盖，或者被沙土埋没，了无痕迹，留给我们的，只有深远记忆里曾经的欢笑，或者泪水……

2000 年 3 月写于河源

（原载 2000 年 3 月 20 日《天津邮报》总第 381 期）

天津交警

　　数年前一个阴沉的下午，北上求学的我经过几十个小时的颠簸，终于抵达天津火车站。坐上学校派来接新生的大客车之后，我才定下心来打量这个素昧平生的城市。

　　灰蒙蒙的天空下着小雨，平静的海河笼罩着一层薄雾。我呆呆地望着车窗外不断掠过的陌生的街道、人群和建筑，杂乱无章地想象着今后的大学生活。

　　突然，一位着装整齐、精神抖擞的交通警察映入我的眼帘，因长途舟车劳顿而昏昏然的我不由得为之一振。只见他笔挺地站在路口中央的交通指挥台上，动作标准、姿势优美、沉着有力地指挥着交通。他的手势是那么有分量，那南来北往的车流人流，在他的一比一画中有序地运行着；他的动作是那么潇洒，一举一动就像刚劲优美的舞蹈，在这喧闹的路口构成了一道独特的风景。

从火车站到学校有很长的路程，要经过不少交叉路口，所见到的警察都是这样认真、执着、负责地履行着自己的职责。有的警察连雨衣也没有穿，无情的雨水打湿了他们的衣帽，但他们全然不顾，泰然自若，恪尽职守，令人肃然起敬。他们那挺立的身躯、那标准的动作、那忘我的境界，深深地烙入我的脑子里。我对这个城市的好感，也因此油然而生。

在津门上学的几年里，我有时会利用节假日到外面去购物、访友、逛街，由于人生地不熟，有时走到交叉路口，便茫茫然不知往东往西了。问路人吧，大家行色匆匆，且未必清楚，有时甚至要看人家的脸色，所以最好是求助交通警察。面对你的请求，警察首先"啪"地立正，举手敬礼，然后耐心地指点迷津，不禁使人有一种受宠若惊的感觉，只能用一连串的"谢谢"来表示自己由衷的感激之情。这些警察的热心和礼貌，使我一直难以忘怀。

多年以来，不管去到哪个城市，我都会不自觉地留意那里的交通警察，并下意识地拿他们与我印象中的天津交通警察作对比。

1996 年 10 月 5 日写于河源

（原载 1996 年 11 月 15 日《东江晚报》）

人生多艰

我有保留书信的习惯，亲朋好友的来信，我多舍不得丢弃，而是整整齐齐地码好，放在箱子里，不时翻阅。展开信札，见字如面，亲情友情自字里行间涌出，人世冷暖跃然于纸上，常令我感动莫名。

"看夜空漆黑，惊魔鬼无情；听风吹草动，疑猛兽袭来……"这是阿球早年的来信。修辞手法的娴熟运用和文字表述的生动传神，充分体现了他较强的语文功底。重读此信，一个青年为解决生存问题而苦苦挣扎的身影浮现在我的眼前，其人生际遇让我感同身受。

阿球比我大两岁，但低我一辈，叫我"叔"。曾经，我们叔侄俩是家族的骄傲。小学和初中时，我俩的学习成绩都很好，都是学校里的"名人"，几乎是逢奖必上台，听过无数赞扬和恭维的好话。在有些飘飘然的少年时期，我就想，有朝一日我俩一定会考上大学的，好像大学的"门票"已揣在我俩的兜里，要进去，只是时间问题而已。阿球有没有这样想过，我不清楚，不过我知道，他当时也是踌躇满志的。然而，命运捉弄人，阿球高中时不幸得了神经衰弱症，经常睡不好，记忆力下降，学习成绩下滑，终与高校失之交臂。

高考落榜后，阿球像千千万万的同龄人那样去深圳打工，挣得微薄的薪水以维持生计。这期间，他只给我写过上述这封信。此信是在凌晨两点钟下班后写的，描述了他所受的诸多艰辛和苦楚，令不谙世事的我灵魂震颤不已。

初到深圳，一无所长的阿球东奔西走找工作、打杂工。在沉重的生存压力下，他得了重病，险些送了命。大病初愈，强打精神去打零工，干粗重的体力活，风吹日晒，所得报酬只能维持温饱。劳累一天，汗水流尽，骨头散架，一躺下就不想再起来，但晚上还经常不能睡好。为了躲避治安人员半夜突击查证件，没有居留证明的阿球只好卷起铺盖到山上"阴城"（集中存放死人骸骨或骨灰的地方）旁边的砖窑里去睡觉。上面引述的他信中的内容，叙说的就是他当时在山上过夜时的情景。今重读这些句子，仍有毛骨悚然之感，不知他当年是怎样忍受下去的。

后来，阿球进了一家工厂，在流水线上挥洒着青春和汗水。

当时，鉴于他的高中学历和一贯表现，老家村小学表示愿意接受他为代课教师，但他没有答应，许多人为之惋惜，有人甚至认为他不识抬举。我知道，他是很有雄心壮志的人，不想困在这个群山中的小村子里，而要到外面去闯世界，渴望干一番事业。我想，只要他充分发挥聪明才智，发扬吃苦耐劳的精神，他的梦想应该会变成现实的。

同样不想围于重峦叠嶂之中的我，也已离开了家乡那个小山村，许久没有见过阿球了，只是听人说，早已成家的阿球如今还在深圳的工厂打工，为养家糊口而奔忙劳碌。

在人生道路上，我走得似乎比较顺畅些，阿球则步履艰难，饱尝辛酸，但年轻时在逆境中经受磨炼，也许并不是什么坏事情，这些年所受的苦难和积累的经验，应该会成为他日后创业的巨大动力和宝贵资源。相信有朝一日，如果我接到阿球写来的书信，流淌在字里行间的，定然是笑傲江湖的豪情和业就功成的喜悦。

1999 年 3 月 21 日写于河源

（原载 2000 年 2 月 29 日《河源晚报》）

昨日之情

这是一封 H 君写来的书信，距今已有好多年了。那时，我们都刚在高手如云的高考中有幸胜出，跨入各自大学的校门。

"战场的硝烟已经散去，艰苦但又令人回味无穷的高中时代终结了，我们四人终于熬出了头，尽管尚不尽如人意，但也算是丰收了……四年后，再携手，纵横四海，乘风破浪，挥斥方遒，建功立业！"重读这些充满欣慰、豪情万丈的句子，那种历经沙场苦战而终于凯旋的喜悦之情仍真切可感，展望未来的自信豪迈与意气风发仍让人扬眉吐气，激情顿生。

在为大学苦苦而战的那一年，我与 H、Z、Q 三位同学结下了深厚的友谊。我们同学一课堂，同住一宿舍，一起吃饭，一起运动，形影不离。大家有难同当，有福同享，不称兄，不道弟，却情同手足、亲密无间。

我们都出身于农村，都把上大学作为改变命运的唯一途径，而高考因非常低的录取率被喻为"千军万马争过独木桥"，所以备战高考那一年的学习生活自然是艰苦卓绝的。为了争取更多的学习时间，我们都自备了蜡烛，在教室熄灯之后就继续以微弱的烛光照明攻读。由于经济都不宽裕，所以我们的生活也十分清苦，平日饭菜十分简单，一般是吃二三角钱一份的菜。一次，我慢条斯理地掏出八角钱菜票买四份菜，他们打趣地说我的动作使他们深刻地领会了鲁迅先生笔下的那个"排"字的意义，从此我"排"出几张菜票买回四份菜一事便成了"典故"，传为笑谈。偶尔，我们也到附近的烧腊店去买些荤腥，安抚一下没有一点油星的肚子。半斤猪头皮、两只烧鹅头或几两红烧肉，每人分得几块，那情景就像是过年，大家都吃得津津有味，粒米不剩，意犹未尽。可惜口袋甚不争气，难得让嘴巴风光一回。一日又到烧腊店买了些东西打牙祭，结果当夜四人先后急急下床，捂着肚子一路小跑，仓皇惠顾厕所。第二天齐叹命薄福浅，几块肥猪肉也消受不起。
　　生活虽然清苦，但笑声无处不在，不管是相互检查学习情况，讨论习题，还是吃饭、散步、聊天、打乒乓球，我们总是可以随便找到有趣的话题，总是可以随意找到乐子。有时会为某个问题争得面红耳赤，更多的时候会为某个话题而笑得前仰后合。打打闹闹、嘻嘻哈哈，是我们放风般的课余生活的主题曲，而"冤家们"的不时骚扰，则是我们"备战时期"的小插曲。
　　一个傍晚，我们在澡堂装水洗澡时，另一班几个彪悍健壮的学生横蛮插队，好像学校是他们家开的，根本不把其他排队装水的同学放在眼里。我们虽然文弱，但不甘受欺，奋起抵抗，H君、Q君更是冲在前面，但因均毫无打架之经验，特别是缺乏制敌之狠劲，终不是他们的对手，而不同程度受伤。这帮人在学校横行惯了，没想到我们会挑战其淫威，故气愤地蔑称我们为"四人帮"，并常骚扰我们。就在高考前几天，他们还发来恐吓信，声称要给"四人帮"一点颜色瞧瞧，上面还画了一把丑陋的匕首。这种卑劣的手段显然是企图扰乱军心，以影响我们临场发挥，但我们一笑置之，把恐吓信撕得粉碎，泰然走向高考战场，结果以两重本、一普本、一大专的成绩取得了胜利。

完成大学学业之后，Z君留在了深圳，Q君去了惠州，H君与我则回到了家乡的城市。大学初期，彼此间常有鸿雁往返，后来沟通渐次稀疏，毕业后与Z君、Q君则一度中断了联系。时空的距离意味着感情的疏远，或许在走过"独木桥"之后便注定了"四人组合"的命运。"再携手，纵横四海"显然是不可能的事情了。

虽然深信"天下没有不散的筵席"之理，但想起往昔的亲如手足、甘苦与共，今日的天涯各处、鸽音罕至，仍不禁感慨良多。我一直为四人没有留下一张合照而甚觉遗憾，我想日后若有机会，应照一张，至少为了我们昨日的同窗之情，为了曾经的峥嵘岁月。

与H君同处一个城市，相距不远，但各忙各的事情，也鲜有谋面之机，只是偶尔一起通通电话，聊聊天，喝点小酒，说说朋友近况、社会见闻、官场百态，有时也回忆过去，只是不再激情满怀地桑弧蓬矢，不再豪情万丈地直抒胸臆。几次同室而眠，卧谈至鸡啼三遍。远离校园多年以后，我们还能如此无话不谈，让我甚觉欣慰。一个冬天的午夜，我俩走在清冷的大街上，H君说："在这个城市，真正可以肝胆相照的，就只有你了。"这话像熊熊的火苗，驱走了冬夜的寒气，让我心头暖暖的，并一直感念至今。

"尘世之友谊，莫过于寒窗。"时位之移人，若干年之后，我们不是不可能形同陌路，但曾经的友谊，就像我所保存的他们写的那些书札一样，始终是美好的回忆。它朴实无华、至纯至真，不沾染丝毫功利的灰尘，是人生中难得的情感，值得一世珍藏。

1999 年 4 月 11 日写于河源

（原载 2000 年 1 月 30 日《河源晚报》）

命如皮球

  有的人命脆如瓷器，轻轻一摔，就碎了；有的人命却韧如皮球，经反复摔打而鲜活依然。幺叔就属于后者。

  幺叔并非我祖父亲生，而是族内一位叔公的儿子。幺叔出生十多天后，其母因"月难"而逝，其父无力抚养，无奈决定将他送人。我的祖父不想自己家族内的孩子流入外人之手，尽管此时自己已有四子一女，家庭经济也不宽裕，但还是咬牙把他抱进家门，视为己出，纳入自己儿女的序列，于是幺叔就成了我们家里人。

  幺叔生性顽皮，从小就好动任性，敢作敢为，让祖父伤透了脑筋。这种性格成为他人生中多次历险的一个重要原因。

  幺叔第一次历险是十多岁的时候。一天，天还没有亮，他就与一个邻居一起，打着竹子做的火把，步行到三十里外的县城去赶早集。途中，他俩突然发现地上有一个特别的纸包，于是俯身察看，还未看清，突然"砰"的一声巨响，纸包炸了，一股热浪腾空而起，迎面猛然袭来，他们措手不及，被掀翻在地上。惊魂甫定，缓过神来，他们才感到脸部和胸口剧痛，低头一看，妈呀，不但胸前的衣服被烧烂了，胸脯上的皮也被烧焦了，再一看彼此的脸，也被烧得像木炭一样，好像是刚从灶膛里钻出来似的，模样十分滑稽，所幸未受内伤，身体并无大碍。原来这是一包炸药，可能是从哪辆运输车上掉下来的，他们凑近去看时，火把还未烧透的灰烬掉到了上面，引燃了炸药。

幺叔的这次历险除了深受皮肉之苦之外，并未酿成大祸，而二十多岁时的一劫，则差点要了他的小命。那一次，他骑着一辆单车走在坑坑洼洼的村道上，车头突然一偏，连人带车摔到路下好几米的一户人家屋后的排水沟里。好在那户不是有钱人家，排水沟未铺上石头或者水泥，他落地之处全是泥土，没有坚硬、突出之物，否则后果不堪设想。命是捡回来了，但伤筋动骨之苦也折腾了他好长一段时间，幸亏他年轻，恢复得快，也没有留下什么后遗症。

十多年之后，幺叔又到阴曹地府走了一遭，好在阎王老爷还是动了恻隐之心，大手一挥把他打发回了阳间。起因也是骑单车。这是一个黑漆漆的夜晚，幺叔独自骑单车外出。单车没灯，他只好用手电照明。骑单车用手电最安全的办法是把手电筒用绳子绑在车头上，而年届不惑还像毛头小子那样的幺叔为了省事，干脆把手电筒衔在嘴里。由于山区土路弯多坡陡，手电筒的光亮又十分有限，骑着骑着，幺叔自己都不知怎么回事，车子突然就翻了。

要命的是，他摔倒的时候可能是重重地扑倒在地上的，仍然衔在嘴里的手电筒猛地插进他的喉咙里去了。他昏死过去。醒来时，已经置身于医院的病房里。医生说，幸亏被人发现得快，抢救及时，若再晚一些，幺叔的这条小命算是报销了。我随父亲和伯叔们去医院看望幺叔时，他躺在病床上，颈部、脸部肿得变了形，样子很吓人，暗红色的血浆正源源不断地输入他的体内。看着这个屡屡闯祸的弟弟这副可怜的模样，他的兄长们摇头叹息。

幺叔嗜酒，至今依然对酒一往情深，经常喝得面红耳赤。几年前的一个中午，他在家里喝了酒之后，骑着摩托车外出，刚走出十多米远，邻居就听见"砰""叭"的声响，只见摩托车一头撞到了路边的电线杆，幺叔重重地摔倒地上，不省人事。邻居急忙呼叫其家人。大家七手八脚地把他抬起来，赶紧送往医院。这次车祸的代价是让他失去了两根骨头，以至不得不用金属来代替，才让他从表面上看起来还是一个身体正常的人，生活也没有受到明显的影响。

幺叔身强体壮，年轻的时候，一百多斤的打谷石也可以挎着走，是我们村里有名的"大力士"，让村人津津乐道，我也曾引以为傲。但人身毕竟是肉长的，即使壮如铁塔，也经不起流年风雨。如今，幺叔已年逾花甲，老态渐显，只是依然洪亮的声音，还保留着当年的豪气。

2012 年 1 月 11 日写于河源

（原载 2014 年 5 月 12 日《河源日报》）

【第三辑】

竹影摇曳

美味可以来自高超的厨艺，但味美只属于饥饿的肚子。

（《童年》）

人生中的许多事情也是如此，兜兜转转，寻寻觅觅，迷于途中，困在局里，有朝一日才突然发觉，要找的东西竟然就在眼前。

（《童年》）

假如你给自己的孩子留下万贯家财，锦衣玉食的他岂知创业的艰辛、财富的来之不易？金山银山也会被挥霍殆尽。假如你把孩子的将来安排得妥妥帖帖，整日优哉游哉、无忧无虑的他岂能应对人世的艰险、人生的风浪？

（《自己走路》）

拒绝，关上的是一扇门，但给了你打开另一扇门的机会，从这一个门进去，你可能会有更多更好的收获。

（《感谢拒绝你的人》）

那崇高的师德，是照耀在学生人生道路上的阳光，永远明亮而温暖；那神圣的师魂，是屹立在时代浪潮中的丰碑，永远伟岸而瞩目。

（《为师之责》）

童　年

又一次回到熟悉的村庄——是承载我童年的地方。尽管是假日，天气晴好，但举目四顾，竟然找不到小孩子成群结队玩耍的身影。在我看来，一个村子缺少了孩子们的打闹，就没有了生气，正如一个家庭，有了孩子的吵嚷，才会有鲜活的感觉。

路过一位远房兄长的家，踱了进去，看到他的两个孩子正在客厅里津津有味地看电视，我这个"陌生人"的造访，只是让他们抬了一下头，似乎并没有打扰他们的兴致。在敷衍我的两句问话之时，他们的眼睛始终没有离开荧屏。走到一位堂侄家，也看到他的孩子一个在客厅里看电视，另一个在旁边的房间里玩电脑游戏。原来，孩子们已经"城乡一体化"了，怪不得村庄会变得如此死气沉沉。

电视、网络这些先进的科技产物，不但造就了城里千千万万个孤独冷血的青少年，也让无数农村孩子的童年变得苍白落寞。我的童年与科技这东西几乎没有什么瓜葛，物质也十分贫乏，连玩具都是自己制造的，但童年生活却过得丰富多彩、有滋有味，令人回味无穷。

那时，村庄最盛产的不是粮食，而是人丁，每家每户都有一串小孩，在我家附近的一小片就有三四十个年龄相仿的孩子，这种盛况恐怕是空前绝后的了。在农村，对小孩实行的都是粗放式管理，大人整天面朝黄土背朝天，没有多少时间和精力去打理自己的孩子——其实就他们的能力而言，教育孩子也多勉为其难。在大人们眼里，小孩也是劳动力。孩子们往往五六岁就开始劳动了，挑水、割草、砍柴、烧火、做饭、种菜、放牛、喂猪、插秧、收稻子、挖红薯、洗衣服，什么都得干。除了上学及做作业、帮大人干农活、做家务之外，就是到处跑，疯玩。一大群孩子在一起，不愁没有途径和方式去释放自己的野性。

打仗是最适合集体活动和最好玩的项目之一。把人分成两拨，相互为敌，各自找地方隐藏起来，然后偷偷摸摸地钻草丛、进老屋、爬山崖、攀大树，分头出击，设法"点杀"对方的有生力量，"全军覆没"一方为败。"点杀"的"武器"是做手枪状的手掌或者是自制的木枪，发现目标后，指向目标，嘴巴发出"砰"的一声，叫出"敌人"的名字，这个"敌人"就被"消灭"掉了。还有一种十分刺激的打仗是"骑兵"肉搏。一人坐在另一人的肩膀上，也是分成两拨，对垒的双方短兵相接，"骑士"徒手作战，被拉下或摔倒者为败。这种游戏显然来源于冷兵器时代的野蛮战争，既考验"骑士"的机智与勇敢，也考验"坐骑"的力量和灵活，场面惊险刺激。我家西侧一块倾斜的草地，就是我们经常"作战"的地方。草长一两寸，像厚实的地毯，人摔下去不会伤筋断骨。如今，人头高的乱草称雄于此，连路也没有了痕迹，我童年的印记已荡然无存。

捉鱼摸虾，也是我们常玩的事情。畚箕捞、截流逮、屏潭捉，村里的小河，被我们反复地折腾。俘获的小鱼小虾被装在瓶瓶罐罐里，没心没肺地游来游去，它们丝毫不清楚自己即将面临的命运。我们这些肚子里没有油水的小孩，在野地里随便垒个灶，以金属盆当锅，用这些鱼虾做煮粥的原料。没有油，只放点盐巴，但那味道的鲜美啊，现在想来仍垂涎欲滴。若干年之后我才明白这样一个道理：美味可以来自高超的厨艺，但味美只属于饥饿的肚子。

老鼠肉，现在的人可能会闻之反胃，但那时于我们而言是珍贵的美味佳肴。当然，人们只吃田鼠、山鼠，不吃家鼠。虽说乡下不缺老鼠，但老鼠是十分机敏的动物，要捉到它并不容易。我们通常用捕鼠筒，原材料是竹子和绳索，自己动手制作。日落之时，把放有诱饵的捕鼠筒置于野外鼠路旁；次日一早，赶紧去起捕鼠筒，查看战利品。上套的老鼠会被扒了皮，掏去内脏，放在屋檐下风干。直接捉老鼠，更有意思。秋天，稻子收割之后，稻田里到处是鼠洞。我们使出烟熏、水攻等办法，老鼠躲无可躲，只得钻出洞来，仓皇逃窜。我们大呼小叫，一拥而上，七手八脚地把它捉住。这可怜的家伙全身发抖，吱吱地哀叫着，全没了糟蹋粮食时的泰然淡定。

俗话说"初生牛犊不怕虎"，那时的我们，不知"危险"两字如何写，只要好玩的就去玩。乡下没有城里那种做工精致、中规中矩的滑梯，但我们同样可以找到乐趣。选择一处高高的滑坡山体，屁股下垫一块光滑的竹壳，两脚一蹬，飞驰而下，耳边生风，那充满野趣的刺激让人乐此不疲。爬树也是一项十分危险的活动，但树上的野果子和攀登的胜利感引诱孩子们奋勇而上。身手敏捷者如猴子般三爬两窜就到了树上，坐在树枝上动作夸张地吃着野果，将树下的人哈喇子引下三尺之后，才将摘到的果子扔下来。

说到摘野果，有一次迷路的经历让我至今记忆犹新。一个周日的上午，我与一帮小伙伴去深山中摘杨梅，在返回的时候转来转去都找不到下山的路，倒是发现了一大片野猪的新鲜足印，吓得我们决定自己开路下山。我们在茂密的草木丛中左冲右突，披荆斩棘，以伤痕累累的代价，终于走到山下。这时我们发现，上山时的路居然就在几步之外。其实，人生中的许多事情也是如此，兜兜转转，寻寻觅觅，迷于途中，困在局里，有朝一日才突然发觉，要找的东西竟然就在眼前。

那个年月，生活非常清苦，一般人家根本不可能给自己的小孩买玩具，所以我和伙伴们的玩具多取材于大自然，自己动手制作。截取一段竹子，将关节打通，均匀地钻几个小洞，就成了一把笛子，鸣里哇啦地吹着，虽不成曲调，但也自得其乐；找一块木板，按照电影中看到的样子，施于刀锯，就成了一支"手枪"，别在腰间，立马英姿飒爽，俨然是指挥千军万马的将军；以两根小竹条做骨架，将旧报纸裁剪成蒙面和尾巴，用糨糊粘牢，一个风筝就做成了，跑在坑坑洼洼的田间小道上，兴高采烈地把它放飞。看着风筝在天空中飞翔的那份逍遥自在，我就会想，人怎么样才能够像风筝那样潇洒地飘飞在云端呢？可惜，直到现在我也没有找到答案。

牛同样没有找到答案："我们千百年来一直是农村的主角，如今怎么就淡出历史舞台了呢？"以前乡下小孩都有放牛的经历，与牛朝夕相处，与这种动物有很深的感情。游子割不断的乡愁里，几乎都有牛绳牵着的默契和牛背上惬意的时光。如今，牛不再是农村必需的生产工具了，村庄里已难觅牛的踪影，不但城里的小孩不知牛为何物，连农村的小孩对牛也甚为陌生了。

其他物事也在悄然发生变化。譬如煤气代替了柴草；水直接引到了家里；耕地大片大片地丢荒。青壮年外出打工了；留守的没有多少活干的大人们，在麻将台上消耗着多余的时间和精力。孩子们更是不常碰锄头扁担，大都不用承受烈日和暴雨下的辛酸了，但同时对于贫穷和苦难少了深切的体会，对于生存和生活也难有深刻的领悟。电视和网络统治了孩子们的童年，虚拟世界里的打打杀杀取代了现实中的集体游戏。若干年之后，不知他们会用什么样的眼光打量自己的童年。

2014 年 7 月 11 日写于河源

（原载 2014 年 7 月 21 日《河源日报》）

儿时的"血汗钱"

　　因为贫穷的缘故，我和伙伴们很小的时候就懂得挣钱了。在那个一分钱也恨不得掰成两半来使的年代，能挣到几角钱，尽管十分辛苦，但那种成就感和幸福感是非常强烈的。

　　第一次挣钱，大概是四五岁的时候。离家不远的一个山窝里有一棵高大的桐树，每到果实成熟时节，桐果就纷纷掉落，我和一个小伙伴每天都到树下的草丛里去扒拉，寻找掉落的桐果。回到家，把桐果敲破，将里面的桐子取出来，晒干，存到一定数量的时候，就让母亲拿到供销社去卖掉，换回来的几分钱、几角钱就像宝贝一样地珍藏着，不到万不得已不愿花掉。那时，捡拾桐果，是我最伟大的"事业"，晒在地上的桐子散发出来的特有芳香，是最让我陶醉的气息。多年以后的一天，在外求学的我回到家乡时，曾专门去看望这棵为我带来人生中第一笔"财富"的桐树，可令人遗憾的是，桐树不知被谁砍掉了，我记忆中那棵枝繁叶茂的桐树再也回不来了，凝视着伤痕累累的树头和空空如也的山窝，我怅然不已。

随着身体的成长，挣钱的门路也不断拓宽。五六岁的时候，我就开始学着别人割一种叫"虱子头"的灌木，取其皮（据说可以制成绳索之类的东西），用来卖钱。这种树很贱生，山坡河岸、房前屋后，哪里都能够发现它的踪迹，采割难度也不大，只要一把镰刀就可以了，大人小孩都可为之。尽管我们只割树枝不挖树根，但其生长速度毕竟赶不上镰刀的速度，所以可采数量也就越来越少了。后来，不知怎的，没有人收购这东西了，"虱子头"终于躲过劫难，得以重新尽情地生长。

俗话说，"靠山吃山"。我们家乡是典型的山区，一出门，眼之所见都是山，可谓"八山一水一分田"，人们几乎天天都要与山打交道。在这样的环境中，要弄点小钱，很多时候自然就要向大山伸手了。割草、打柴，是我小时挣钱的最主要方式。

七八岁起，我就常与伙伴们到山上去割草，然后卖给砖瓦窑。我们割的草主要是一种土话叫"绿箕"的植物，是当地人的基本生活燃料。日后我才知道，"绿箕"的学名叫铁芒箕，是酸性土壤的指示性植被。"绿箕"漫山遍野，并不难割，但长时间站在山坡上埋头弯腰挥动镰刀，谁都会累得腰酸背痛，那滋味十分不好受。夏天，烈日当空，往往刚开始爬山就已汗流浃背，割草时更是挥汗如雨，衣服一直都是湿漉漉的，就像刚从水里捞起来似的。由于出汗多，口特别渴，尽管不断地往肚子里灌水，还是不解渴，这时我就想："如果给我一条江的水，我都可以全部喝进去！"冬天，寒风像镰刀一样在脸上割来割去，衣服穿少了冻得直哆嗦，让人不知往哪里钻；穿多了干活的时候又容易出汗，汗湿的衣服沾在身上非常难受。山上常有蛇出没，割草时遇到蛇是常有的事。正当大家埋头苦干的时候，突然传来几声惊叫："有蛇！有蛇！"大家赶紧操起扁担，循声而至，群起而攻之。机灵一点的蛇立即逃之夭夭，傻一点的就成了棒下之鬼。

由于一度乱砍滥伐，山上的林木锐减，后来又实行封山育林，所以我们上山打柴主要就是挖树蔸。那些树被人砍掉以后，留下了小截树干，我们就把这小截树干连同树蔸挖出来，然后用斧头劈成小块，再挑下山。山上的树木根系都非常发达，不但深深地扎进土里，还长长地伸向四面八方，而且土多比较坚实，有的里面还有石头，因此挖树蔸并不是一件容易的事情，往往要费很多工夫，挖很深的坑，再使出拔、摇、打等各种手段，才能大功告成。

草割好了，柴打好了，还得挑到砖瓦窑去，这是一种异常艰辛的劳动。挑着沉重的柴草，即使行走在平坦的大道上，也苦不堪言，更何况要下山上坡！下山时，担子推着你走，你不想迈步都不行，走在靠前人的脚踩出来的陡峭、崎岖的羊肠小道上，快了会收不住势，想慢点得用脚大力"刹车"，滑倒、被藤蔓绊倒是常有的事情。上坡时，双腿像绑了巨石，每跨出一步都要咬一下牙关，觉得脚下的路异常漫长，额头上的汗水一颗一颗地砸到地上，像是在拷问大地，生活为什么会如此艰辛！实在走不动了，只能停下来歇息一会儿。撂下担子的那一刻，才知道什么叫轻松！瘫坐在地上，人就像一摊烂泥，不想再站起来，希望一直这么坐下去。好不容易将柴草挑到目的地，过了秤，拿到几张毛票和分票，却觉得刚才所受的苦累、流的汗水都是值得的了。那是一个十分容易满足的朴素时代，一点小小的收益就能使人的心里腾起强烈的成就感。

小时候，我还捞过河沙换钱。那时的公路是沙土路，路面经常需要补充沙子，我与伙伴们就到公路旁边的小河里去捞河沙，直接把沙子堆在公路边，然后卖给道班。虽说是就地取材，但要把一畚箕一畚箕的沙子抛或者拉上岸，也是一件非常辛苦的活儿，时间一长，直累得双手无力，腿脚颤抖，全身酸痛。而身上的衣服基本上是湿的，已分不清哪是汗水哪是河水了。辛辛苦苦奋战一天，才挣到几角钱，但那时的几角钱可以派上很大的用场，因为五分钱就可以买到一本作业簿、一两角钱就能够买到一本连环画。

谁都想过安逸的生活，但苦难的经历未必不是人生中一笔丰厚的财富。苦难，使人过早懂事，催人奋发进取，教人珍惜生活。小时候，我就暗下决心，一定要好好读书，将来用知识改变自己的命运。所以从小学时起，我念书一直都非常刻苦，成绩优异，从来没有让父母操过心；走上工作岗位之后，我也一直非常勤奋，兢兢业业，恪尽职守。多年以来，在最苦最累最难的时候，一想到儿时在烈火一样的太阳底下艰辛劳作的情景，想到挑着似乎要把腰板压断的重担走在崎岖山道上的情形，我就会重新振作起来，挺直腰杆，抬起头颅，直面人生道路上的风风雨雨。

2012 年 3 月 14 日写于河源

（原载 2013 年 2 月 22 日《河源日报》）

致亲爱的贼

　　亲爱的贼，今天，即元月2日，上午上课时间，你（或许是"你们"，但我搞不清楚，权当只是你一人吧）拨冗莅临我们班男生宿舍，让我们受宠若惊。你悄悄的走，正如你悄悄的来，你挥一挥衣袖，没带走一片云彩。

　　真的不好意思，我们连手信也没有让你带回去，你一定气得咬牙切齿："新年出师就空手而归，真是倒霉透顶！"对此，我们表示深切的同情和慰问。

　　贼兄，你的胆识着实让人钦佩，大白天的都敢撬门锁而入，我们的宿舍距教室只不过几步之遥，你也不怕被人撞见，可见你是多么的坦然淡定，着实有大将之风范。不知道你这个可以包天的胆子是怎么样练成的。你的撬锁技术更让我们佩服得五体投地，宿舍门锁竟然几乎没有留下被撬的痕迹。中午，我们把玩着这只锁头时，都啧啧称赞，你这活儿真绝！

尽管你的技术是一流的，但许是受工具或时间的限制吧，你所撬的只是一些比较小的箱锁。不幸的是，撬脱的几个箱子里面除了一些衣服和日常用品之外，别无他物——其实，其他箱子也没有什么值钱的东西。我们这些穷光蛋确实很不够意思，连毛票都没有放几张，以致你满怀希望而来，花了不少工夫，结果竟一无所获，实在遗憾之至。不过，更倒霉的是我们，还要从牙缝里挤出钱来购置新锁头。

贼兄，我们这帮穷学生，真正的无产阶级，几斤书纸、几件衣服以及若干饭菜票就是全部的家当了。请你转告你的同行，以后没有必要再到我们这里来浪费时间了。如果你们执意要来，最好事先打声招呼，我们会把全部锁打开（平日我们本来也不想上锁，但毕竟有时有几张饭菜票怕被顺手牵羊了，所以还是要锁上），以免被你们撬坏而要重新购置。另外希望你们找东西时，不要把我们的箱子翻得太乱，因为被洗劫过的场面很刺激我们的神经，影响我们的心情。你们离开时，还请把门带上，以免鸡狗之类的东西闯进来，又要我们打扫。

拜托了，亲爱的贼。

1991 年 1 月 2 日写于紫金

火车往事

二十岁以前，我一直生活在闭塞的山区，从未出过远门，没有看过火车的真实模样。在那些黑白战争电影中作为道具的火车，是这种交通工具给我留下的最为深刻的印象。我曾无数次梦想着，有朝一日能乘上这条飞龙，在祖国的大好河山里像风电般驰骋。

（一）

领到大学录取通知书后，我的梦想终于可以变成现实了。但在广州火车站售票大厅，还未见着火车的时候，我对火车的热情就几乎被冷水给浇灭了。售票大厅里人头攒动，每个窗口都排起了长龙，长得让人几乎看不到希望。更让人沮丧的是，我在原地站了半个小时，竟然没有前进一步，送我去学校的姐夫只得前去窗口看个究竟。原来，窗口处被几条壮汉占领了，不让其他人靠近，要他们代买票的，交20元钱；给一个位置自己买票的，交10元钱。无奈之下，姐夫只得给了他们10元钱，被他们推到了窗口前。由于实在太拥挤，姐夫根本无法把装在裤后兜里的我的大学录取通知书拿出来，以做买半票的凭据，结果只得买了全票。直到现在我也弄不明白，新中国成立都四十多年了，为什么当时广州火车站的售票秩序竟然会乱到这个地步！

第一次上火车的时候，我的新奇感很快就被惶惑所取代。检票之后，只见背着、提着大包小袋的旅客跑着前进，经过长长的过道和月台，拼命涌向火车，极像战争电影中老百姓一窝蜂仓皇逃命的场景。在这种令人恐慌的气氛裹挟之下，我也不由自主地往前冲，生怕这阴沉的夜色之中隐藏着什么阴谋，走慢了就会被算计。等到好不容易挤上火车，已是全身被汗湿透，衣服都可以拧出水来了。

火车上人满为患，不但全部座位都坐了人，连过道也挤满了人，要上一趟厕所，得费尽九牛二虎之力在"肉林"中左钻右挤，当突出重围来到厕所的时候，还得咬牙切齿捂着肚子排队等候——一二百号人的车厢，才一两个厕所，实在是一位难求。后来据大学同学说，这样的火车还不是最挤的，他一次寒假后从家乡江苏徐州返校所坐的火车，行李架上和厕所里都塞满了人！为了能挤上这趟车，站台上的民工用扁担把车窗砸烂后爬了进来。现在的人，根本无法想象当年乘车的这种野蛮和疯狂。

火车上没有空调，大热天的，只能开窗，这样一来，坐顺方向的，被疾风吹得头晕，坐逆方向的，却热得异常难受，还有铁路上的大小便所散发出来的浓烈气味肆无忌惮地直往鼻孔里钻，避无可避，真让人倍受煎熬、度日如年。

更让人煎熬的是难眠之夜。我坐的是硬座，背后是垂直的一块板，前面是一个托盘大小的公共茶几，不管是靠在靠背上还是伏在茶几上，都睡不踏实，冷汗直冒，头昏脑涨，苦不堪言，只觉得夜是如此漫长，长得让人看不到尽头，不知白天还会不会来临。

车过湖北，给我印象最深的不是浩浩荡荡的长江，也不是坚固雄伟的大桥，而是无法无天的"铁道游击队"。火车刚在武汉站停稳，几条汉子就从车窗钻了进来，凶狠地把我们一组座位上的人全赶走，将座位"卖"给接着上车的几位旅客。他们离开之前，顺手将我姐夫上衣口袋里的一包香烟也"要"走了。我找列车员，列车员不管；我与占我们座位的人论理，他们坚称是花钱买来的，一副心安理得的样子。世道之混乱、邪气之猖獗、人心之冷漠，让一直生活在校园里专心攻读圣贤书的我感到异常愤懑。但一介书生，手无缚鸡之力，又能把他们怎么样？结果，我从武汉一直站到河南信阳，直到占座者下车后，我才得以回到自己的座位上。

在火车的晃荡中，我仿佛回到了数十年前那个兵荒马乱的时代，但定睛窗外，只见朗朗乾坤，不断掠过的是宁静的村庄、舒缓的河流、美丽的田野，而照耀它们的，分明是20世纪90年代的阳光！

四十多个小时、近五千里的长途跋涉，无比艰辛劳顿，还有诸多不快，但我见识了沿途的地理风物，领略了山川的壮丽雄奇，直观地感受到了祖国幅员之辽阔，让一直生长于巴掌大的天空下的我开阔了视野，开阔了胸襟，所以我还是十分感谢这平生第一次的火车之旅。

（二）

"春运"是让国人纠结了多年的词语。春节期间，在交通比较发达的当今，火车票也甚为紧俏，在二十年前，更是一票难求。一次春节后返校，我与一位同伴赶到广州火车站时，直达天津的车票已经售罄，我们只好买了河南郑州中转的"连票"。到郑州后，我们立即持票去签证。在一个售票处的窗口旁，放了一张差不多两米高的椅子，上面坐着一位穿制服的男子。一位民工模样的中年男子可能插队了，只见"制服"飞脚就往民工的脑袋踢去，好像踢的不是人头，而是皮球，这个漠视人的生命和尊严的粗暴动作让我极为震撼，至今难忘。

在等车的几个小时里，我与同伴踯躅于郑州街头。我们走进了当时全国十分有名的大卖场亚细亚商场。商场里可谓琳琅满目，让人眼花缭乱，但我只买了一把小刀，主要是为了在火车上削削水果，也为了在车匪路霸横行的气候里增加一丝安全感——尽管它的实际作用微乎其微。

我们签证的火车票是"站票"，我与同伴就近上了一节车厢，由于我们上得早，还有许多座位暂时空着，我俩就随便找了空位子坐下歇歇。奇怪的是，开车时尽管车厢里连过道上也挤满了人，但直到终点站，竟然都没有人来认领这两个位子。这样的好运气，大概与彩票中 500 万元大奖的机会差不多吧。

(三)

在那个火车普遍晚点的年代，推迟一两个小时上车是十分正常的事情，而一次暑假从学校返乡，我坐的火车竟然延迟七个小时才检票。我们从晚上直等到次日凌晨五时许，才得以登上火车，中途又多次临时停车，回到广州时已是两天后的深夜了。广州火车站的广场上到处是或坐或卧的人群，我与同伴随便找了个空地，坐下歇息，想挨到黎明时再去一高校找一位朋友落脚。

突然，一伙我分辨不出是保安还是公安的人，开始清场，像赶鸭子一样将非当晚上车的全部旅客赶往附近的流花市场。由成千上万肩背手提行李的男女老少组成的队伍，浩浩荡荡，蔚为壮观，可惜他们不是走向自己的家园，更不是奔赴希望的前方，而是作为管理对象被赶往肉菜"安身"之处。在菜市场的入口，每个人都要在一张桌子前停留，交 2 元的买路钱——原来所谓的清场，不过是创收的幌子。一些想开溜的人，被凶神恶煞般的"制服"抓了回来，只得极不情愿地奉上自己的血汗钱。

在市场里，我与同伴随便找了个地方坐下来。一个脏不拉几的火砖，支撑着我几天没有睡觉、已经疲惫不堪、摇摇欲坠的躯体，度过了我生命中最为屈辱的几个小时。堂堂正正的一个人，竟然沦为在市场中露天过夜的动物，我的自尊心受到了极大的伤害，以致多年之后，我对广州火车站和广州这个城市仍然耿耿于怀。为了所谓的维护车站秩序和区区几块钱，就可以肆意践踏人的尊严，限制公民的人身自由，我实在无法理解有司怎么会纵容或者容忍这样无耻的行径！不久之后，我将此事以读者来信的形式向省级党报反映，但如泥牛入海，不知所踪。

（四）

在那时，广州火车站广场治安之差，与"食在广州"一样全国闻名。一次，我们掐好时间来到火车站，但不幸火车晚点，推迟检票，进不了候车室，只得在广场上待了两三个小时。广场上的人那叫多啊，我小时候学的"人山人海"这个词在这里得到了最充分的体现。此后每当见到"人山人海"一词，我就会条件反射地想到广州火车站。在这里，你就像是大海里的一滴水或者是沙漠中的一粒沙子，你会觉得自己是多么的渺小、微不足道，同时也会感到自己是多么的惶惑和无助。

我和同伴找了一小块空地席地而坐。坐下不久，就见几步之遥的地方几个人拳来脚往，棍棒乱挥，出手凶狠，不知是为了比武功，还是因为争地盘。我就像是三岁小孩看电影，不知国军和共军为啥就打得热火朝天，难解难分。这边刚消停下来，另一边又上演了一出全武行，一帮人大打出手，混战一团，一副不置对方于死地不罢休的样子，看得人心惊肉跳，让人仿佛置身于 20 世纪二三十年代黑帮横行、血雨腥风的上海滩。

在我的两个伙伴去买盒饭、只剩下我和一个同伴看行李的时候，几个人鬼鬼祟祟地靠近我旁边一个戴眼镜的知识分子模样的青年男子，不顾他的制止，径直打开他的行李，将里面的几张钞票拿去。他们神情泰然，手法娴熟，动作自然，一看就知是江湖高手。不久，"眼镜"去买车票的同伴回来了，痛苦地攥着拳头，满手是血，原来是在买好票返回时遭到了抢劫，他稍作抵抗，手便被歹徒深深地划了一刀。

好不容易挨到检票时间，我们迫不及待地背起行李，赶紧逃离这个是非之地。

（五）

多年过去了，火车不断提速，从南方到北方也可朝发夕至了，火车不再是一票难求，坐火车不用再为遭遇"铁道游击队"而提心吊胆了，广州火车站也不再是弱肉强食的"上海滩"了，我由衷地为祖国的兴盛和时代的进步而高兴，但愿那些不堪回首的过去永远成为过去，后人关于火车，都是美好的印象和浪漫的记忆。

2013 年 8 月 26 日写于河源

（原载 2014 年 6 月 23 日《河源日报》）

净嘴行动

　　年轻人接受新鲜事物的能力就是强。刚上大学，来自五湖四海的青年就把异乡的"他××""我×"之类的脏话说得炉火纯青、地地道道。有个江苏籍的同学，每说一句话末尾都要加上"我×"一词，似乎起着标点符号的作用。他说得那么顺溜和自然，起初我还以为是他的家乡语，后来才知道是刚刚学会的当地话。

　　我原本对脏话甚为反感，但在这种氛围的"熏陶"之下，很快就被同化了，时不时也会蹦出"我×"之类的词语，似乎使用这样的"叹词"，才能淋漓尽致地表达自己的意见或情感。

　　学校本是斯文之地，岂能容忍脏话如此泛滥！不久，脏话便受到明令禁止。有意思的是，禁令并非来自班主任或系里，而是出自我们的体育老师。本来，体育老师是不太管这种事情的，可能是情况实在太严重了，体育老师到了忍无可忍的地步，于是郑重宣布："今后，禁止说脏话，违禁一次者罚做俯卧撑二十下，重犯加倍！"

大家清楚，体育老师是说到做到的，于是便谨慎起来，以避免受罚。怎奈相当部分同学"病情"不轻，虽施猛药而非一时能医好，在运动中脏话不自觉地脱口而出，及至发觉已为时晚矣。于是一节课上完就有近十人受罚。看着违禁者做俯卧撑的狼狈相，"良民"们在一旁拍掌呐喊"助威"，幸灾乐祸。有同学咬牙切齿、面红耳赤地做完二十个俯卧撑，长长地舒了一口气，呻吟般地吐出一句话："终于做完了，我×！""再做，加倍！"老师吼道。此同学一脸愕然，怯怯地说："老师，我刚做完呀。"旁边的几位同学赶紧提醒他："刚才你又说脏话了。""啊？！"他方才醒悟过来，哀号一声："苦也！"只得极不情愿地重新趴回地上，摇摇晃晃地做起俯卧撑来。

现场气氛更加热烈了，"良民"们的加油声一浪高过一浪，当中有人一兴奋而忘乎所以，未管好自己的嘴巴，竟让脏话随叫喊声挤了出来，偏偏又溜进了老师的耳朵里，于是他只得在更为热烈的掌声和呐喊声中垂头丧气地加入俯卧撑的行列。

高压的"净嘴"政策自然奏效，谁也不想在众目睽睽之下"哼哧哼哧"地表演俯卧撑，所以受罚的人就越来越少了。

不过，课上不敢说，课下还是要说——尽管有所减少。为了净化室内"空气"，创建文明宿舍，我们全体室员会议一致通过一项决议：今后在本宿舍内每说一次脏话的，若是本宿舍的成员，罚款两毛，外宿舍的则"优惠"一半，罚一毛；罚款用在精神文明建设上——买报纸。

因此，大家一踏进宿舍门都尽量把守自己的嘴巴，但毕竟是在课余时间，很容易放松警惕，特别是那些说话不经脑子者，不时还会蹦出脏话来，对我们宿舍的精神文明建设贡献了不少毛票。一些人由于中毒太深，常有自己说了脏话而不觉的情况，被抓到时，往往口口声声喊冤叫屈，但铁证如山，终是无法抵赖，只得低头认罪，乖乖受罚。

净嘴行动终于收到了明显的成效，我们的嘴巴渐渐地都干净起来了。

1995 年 9 月 5 日写于天津

（原载 1997 年 10 月 31 日《南粤法制报》总第 135 期）

黑雪上的春节

    山西素有"煤海"之美誉，如果说山西的空气中弥漫着煤的气息有些夸张的话，那么太原下的雪上布满了麻子一样的煤灰，却是我亲眼所见的。我此前看过的雪都是洁白无瑕的，太原的这种麻子似的雪既让我感觉新奇，又让我的灵魂受到强烈的震撼——空气如此，人何以堪！

    近二十年前，我的一个春节就是在这种奇特的黑雪上度过的。

    那时，我在天津求学，离家五千里之遥，来回一趟非常不易。从学校到家，光坐火车，就差不多要两日两夜，到广州要住一晚，次日坐五六个小时的汽车到县城，再搭车约半个小时，才能到家，所以如果顺利的话，回一趟家也要四天左右的时间。若是春运期间，火车一票难求，归程还好，火车站会在放假前派人到学校里设点售票，尽管要排长时间的队，毕竟还可以等到一张车票；返程可就麻烦了，要在广州买票上车，预订非常不便，而上车前一两天根本就不可能买到票。因此，大学四年，我有两个寒假没有回家，其中一个寒假，就随老同学去了太原市。

这位老同学叫福根，是我高中时的同学，就读于位于太原市的山西财经学院。放假不久，他就来了我的学校。记得我到天津火车站广场接他时，初次踏上津沽大地的他颇为抒情地感叹一声："天津的空气真新鲜啊！"当时我并未在意，直至到了太原，看了麻子一样的雪，我才知道这是他的由衷感慨。

坐了一夜的火车，在一个寒冷的清晨，我抵达年味已浓的太原市，在山西财经学院落脚。这是我有生以来第一次走在山西的土地上。

上中学时，我曾读过当代著名作家梁衡先生写的散文名篇《晋祠》。这篇文章写得非常优美，使我对晋祠留下了深刻的印象。此次到太原，我最想去的地方就是晋祠。抵太原的次日，已是除夕的前一天。这天下午，我与福根坐公共汽车来到位于郊区的晋祠公园。

这个时候，大家都忙着过年了，所以这里不但所有店铺都关了门，而且连景区的大门也没有人守了，我们不用买票也可以自由进入。偌大一个公园只有几个游人，显得异常冷清，不过我觉得这倒是一个非常难得的游览机会，因为晋祠这个文化积淀极为深厚的地方，是必须用心细细地体味，用心默默地解读的，并不适合在喧嚣中围观。走进树龄千年的古柏庇护下的古建筑群，面对造型各异、栩栩如生的雕塑，时光仿佛穿越了清明、元宋、唐隋，停驻于北魏，历史瞬间变得鲜活，像小渠里的水草般摇曳……流连于这些古香古色、特色鲜明的亭台、楼阁、桥榭、殿宇，吟咏着"晋祠流水如碧玉，百尺清潭泻翠娥"等诗句，自己仿佛也变成了古人，峨冠博带，闲庭信步，浴雪而歌，衣袂飘飘……这雪，没有麻子一样的斑斑点点，而是冰清玉洁，不沾染半点天地间的灰尘。

走出晋祠，已是夕阳西下。回头一顾，朔风之中，"门前冷落鞍马稀"的晋祠显得异常孤单与沉寂。我忽然想到，由于我的"缺席"，这个春节家里一定也冷清了许多，双亲心里一定也是无比落寞……

从晋祠回来，我和福根就忙着张罗过年的事情了。由于他们学校食堂放假，留校的同学都得自己想办法解决伙食问题。学生们普遍用煤油炉或酒精炉做饭，以致一进宿舍楼，扑鼻而来的就是浓烈的煤油味和酒精味。自己做饭，要采购的东西就多了，煤油、米面、肉菜、食盐、调味品等等，一样都不能少。由于过年几天市场歇业，得把所需东西都买齐了，所以我俩跑了不少地方，大包小包地往回拿。在像刀子一样锋利的寒风中四处奔忙，当然不是一件让人感觉轻松和惬意的事情，好在我和福根都是乡下土生土长的青年，吃得起这份苦。一下子买了好几天的肉菜，保鲜并不成问题，因为零下十多度的户外就是一个天然大冰箱，我们把猪肉和光鸡装在脸盆里，往阳台上一放，第二天冻得像石头般坚硬。

除夕下午三点多，我俩就开始动手做年夜饭了。因条件所限，且经验不足，简单的几个菜我们花了两三个小时。菜主要是由能干的福根做的，我打下手。这是我平生第一次自己动手为自己准备年夜饭。我们炖了一只四斤多重的鸡，煎焖了一条鱼，炒了两样青菜，一位一起吃饭的广东同乡又提供了一些食品，饭菜虽然简单，但在我们看来，这已经算很丰盛了。

在从窗外不断传来的热烈的鞭炮烟花声中，我们三个只身在外的游子围坐在一起，津津有味地品着自己的厨艺，喝着当地产的"迎泽"牌啤酒，谈笑风生。突然，福根幽幽地说了一句："这个时候，家里一定也在吃团圆饭吧。"这话一下子点燃了我一直压在心底的乡愁，浓浓的思乡之情就像窗外的雪花，尽情绽放，飘飘洒洒。我的心飞越千山万水，回到了那个群山环抱的小山村……恍惚之中，我看到家人正神情黯然地吃着不团圆的"团圆饭"，我听到双亲正叨念着他们漂泊在外的儿子……

"来，为我们的家人干一杯。"福根的提议，打断了我的思绪。我们三人端起酒杯，郑重地站起来。

"祝我们的父母健康长寿！"

"祝我们的家人幸福安康！"

"祝我们的家人新的一年万事如意！"

在清脆响亮的碰杯声中，伴着闪烁的泪花，我们一饮而尽……

雪，让新旧之年悄然实现了无缝交接。大年初一，沐浴着新年的光芒，在纷纷扬扬的雪花中，我和福根漫步在离家数千里的太原街头。张灯结彩、如花笑靥，给这个萧飒的严冬带来了几许温暖与生机，让人窥见了春天门缝里提前泄露出来的一丝温情与躁动。在这个万家团圆的佳节，置身于他乡喜庆的氛围里，更觉内心的落寞。然而，这样的经历不但可以亲身感受到异乡春节别样的风情，还能丰富自己的人生体验，反而成了我记忆中一段美好的情节，就像白雪上的煤灰，尽管闪烁着凄然的光泽，但这麻子一样的雪给人留下了更为强烈和深刻的印象。

2012 年 1 月 20 日写于河源

（原载 2012 年 1 月 30 日《河源日报》）

寂寞中的守望

　　身处异乡，尤其是在形影相吊的日子里，你便会感到书信特别的珍贵，即使是片言只语，也会让你深深地体会到亲情、友情的可贵，使你孤寂的心灵得以抚慰。

　　我在北方上学的时候，由于离家数千里，往返需辗转乘车，一趟要花上好几天工夫，不但要忍受舟车劳顿，而且买一张车票十分不易，所以有几个假期我都留在学校没有回家。偌大的宿舍楼，平日热闹得像个蜂巢，假期则连走廊里也经常看不到人的影子，冷清得有点怕人。我一个人占据着一个宿舍，寂寞充满了整个房间，有时挤压得我喘不过气来。

　　读书、练书法、听广播、吃饭、睡觉，差不多就是我假期生活的全部内容。吃饱睡足之后，眼看花、手写酸、耳听累之后，便伫立窗前，或者信步校园，观黄叶飘零、草木傲雪，看飞鸟掠过、云卷云舒，遥想家园旧雨、如烟往事。这时候，家人是否安好呢？新朋旧友正忙什么呢？我多么希望南方的天边突然飞来一只信鸽，将亲友们的音讯送到我的手上！

盼信，成了我生活中的重要组成部分。虽知学校假期一般两三天才分发一次信件，但我还是忍不住几乎每天去查看信箱，希冀奇迹能够出现。每次都是满怀希望地打开信箱，企盼写着自己名字的信件赫然出现在眼前，但经常都是沮丧地关上信箱的门。当收到一封属于自己的信件时，我会欣喜万分、陶醉半天，然后才慢慢拆阅，以尽量延展喜悦的心情。就像幼时得到一粒糖果，先在兜里揣着，不时摸摸，口水流了一地之后才放进嘴里，呷巴呷巴地含上半天。

父母的几声叮咛，朋友的几句问候，都会让我感到异常亲切、欣喜良久。一封短短的书信，甚至三言两语的卡片，我也会一连看上几遍，每隔几天还会拿出来读一读。这时候，仿佛端坐于双亲面前，聆听家常絮语、谆谆教诲；仿佛与朋友促膝相对，倾听轻言细语、肺腑之声……寂寞之情悄然退去，充实满足的暖流在我的心底回旋。

写信，自然也是我假期生活的一项重要工作了。把自己的所见所闻、所思所想形成文字，将自己的喜怒哀乐、心事块垒付诸笔端，这是与亲友沟通交流、倾诉宣泄的一种好方式。信写完后，虔诚地折叠好，然后装进写好地址的信封里，把口封上，再贴上邮票，这个过程像是进行一项庄严的仪式，一环扣一环，一个环节都不能省略，一个细节都不能马虎。把信投进邮筒之后，牵挂就会潜滋暗长、与日俱增，经常掐着手指头数，信大概什么时候能到达目的地，想象着亲友收信读信时的神情和认真复信时的情景，盼望着能尽快收到他们的回信。一个寒假，我借了学校的英文打字机练习打字，有时便用打字机给朋友们写英文信，在写信的同时，既学习了英语，又锻炼了打字能力，可谓一举多得。英语不是我之所长，我是知难而上，所以英文信大多写得较吃力，但当一封全洋文的信写就时，心中不由得涌起浓浓的成就感，朋友在回信中对我的进步也大为赞赏。

对书信的渴求和守望，贯穿了我孤单的假期生活。几乎每天下午，不管是朔风凛冽，还是淫雨霏霏，抑或是雪花飞舞，我都会走出宿舍楼，经过"青年广场"和图书馆，来到教学楼，打开信箱门。我的步伐是那么急切，我的眼神是那么执着，就像当初怀揣入学通知书奔向北上的列车那样。对于书信的渴求，我曾在一首小诗里这样写道："像喂不饱的孩子 / 我对书信总是贪婪无限 / 等待信鸽重返的日子 / 独自登高临远 / 栏杆抚遍。"

如今，大学生活早已终结了，我也回到了家乡工作和生活，但依然对书信怀有一种特殊的感情。在我看来，书信就像是一道精心烹制的佳肴，可以让人大快朵颐，回味无穷。在这个电话和网络普及的时代，我还不时提笔给亲友们写信；也时常盼望着，那洋溢着亲情友情的书信如一片阳光落在我的窗前。

2002 年 8 月写于河源

（原载 2002 年 11 月 9 日《天津邮报》总第 472 期）

我与英语的"恩怨"

    在日前召开的全国政协十二届一次会议的讨论会上，有委员指出，由于如今的教育过于重视英语，导致学生偏废了其他学业，由此引发了媒体关于学英语的争论。与英语"断交"近二十年的我，不由得想起自己上大学时与英语的"恩恩怨怨"。

    按理说，同是语言文字的学习，不管中外，应有相似乃至相通之处，但很奇怪的是，在上高中时，我的六门课当中，最好的是汉语，最差的却是英语，高考时两者的差距竟近二百分（当时广东实行"标准分制"，每科最高分均为 900 分）。

    我相信勤能补拙的道理，所以在高中阶段，针对自己英语成绩不理想的实际，我在英语方面花费的时间和精力比其他课程要多，远在汉语之上，但高考时英语分数比任何一科都低得多，因此我只能归咎于自己不是学英语的料。

怕什么偏偏就来什么，大学竟然异常重视英语，学校规定必须拿到英语四级证书才能毕业，所以不是英语专业的我不得不把英语作为主攻方向，以致我的大学几乎成了一部与英语搏斗的历史。

第一节英语课和摸底考试，使本来就怕英语的我连最后的一丝信心也荡然无存了。上英语课时，老师几乎用英语授课，我能听懂的大约只有五六成，老师提问时，我还懵懵懂懂，主动回答问题的同学"唰"地站起来，叽里咕噜一通，连珠炮似的，听得我云里雾里，佩服得五体投地。我当时想，我这辈子恐怕都不可能把英语说得如此顺溜吧。摸底考试，我遇到了有生以来最难的一份试题，在规定的时间内，我竟然连题都做不完，结果出来后只有三十多分，而同学当中七八十分的大有人在。在我的记忆里，这是我平生考试成绩的最低纪录了。听过来人说，摸底考试的难度与四级差不多，从那一刻起，英语四级就像紧箍咒一样罩着我，让我几年不得安生。

那些英语成绩好的同学，特别是第一二学期就拿到四级证书的同学，整天优哉游哉，逍遥自在，而我为了这该死的英语不得不头悬梁、锥刺股，穷经皓首。一本厚厚的单词手册成了我最亲密的战友，被我啃过来啃过去，五六千个单词的音形义倒背如流、烂熟于胸。晚上经常早早就到开放的教室去占座，不是做四级模拟试题，就是背单词，回到宿舍还得听录音机练听力，日子倒是过得异常充实，连大学里最流行的"拖拉机"（扑克的一种玩法）我也没"开"过一次。

非但如此，连一些课程正常的上课时间也被我挤占挪用背英语单词了。老师讲他的，我学我的，井水不犯河水，各得其所，相安无事。记得有一门课老师讲得实在索然无味，我便几乎把这门课上课的时间都用来自学英语了，以致现在我对这门课的全部印象，只剩下老师清癯的面容和头发稀疏的脑门。

考英语四级的经历，让我深刻体会到"功夫不负有心人"的道理。从第二个学期起，每学期的四级考试我都报名参加，既为积累作战经验，也企望瞎猫碰上死耗子。每次从考场与拉丁字母厮杀回来，我都是垂头丧气，而考试结果公布之后，更是黯然神伤。第一次纯粹是为了热身，考了三十多分；第二次有了可喜的进步，不过也只有四十多分。第三次考试的时候，是第四学期，四级考试的成绩直接作为此学期英语科期末考试的成绩，所以我对此次考试充满了期待。放榜的日子，阳光灿烂，公告栏前里三层外三层地挤满了看分数的同学，这让我想起了鲁迅先生的小说《药》里人们围观行刑的情景。突然，"砰"的一声，不过并非刀起人头落，而是公告栏的玻璃被心急的同学们挤破了，人群一阵骚动，但很快又恢复了原状。我好不容易才找到自己的名字，一看，心就像那块不幸的玻璃一样碎成了满地的碴儿——竟然才五十分出头！

大三第一学期，学校办了个英语四级培训班。恨铁不成钢的班主任要求尚未通过四级者必须报名参加培训，不料应者寥寥，让她大为光火，她责令未报名者当场立下军令状，确保这学期拿下四级，我们这些未报名的人只得遵命照办。

当我们把保证书郑重其事地呈上讲台之后，班主任突然怒不可遏，一把抓过这些保证书，撕得粉碎。"你们凭什么保证！过不了怎么办？全部都必须给我报名，交不起培训费的，我负责！"她声色俱厉，严词斥责。我们从未见过一向慈母般的班主任发这么大的脾气，大家面面相觑，大气不敢出，教室里的氛围异常紧张，我仿佛可以听到自己心跳的声音。事情已过去将近二十年了，但如今想起此事，我仍为班主任急学生之所急的母爱心肠所感动。

尽管我卧薪尝胆，厉兵秣马，但第四次出征，仍然折戟而返。这一次考了 54.5 分——要命的 5.5 分啊！假如听力题耳朵再竖直一些，拿多一二分；语法题、阅读题再多琢磨一下，少错一二道题，不就有 60 分了？可惜，这样的"假如"永远都只能是假如了。不过，与那些 59.5 分、59 分高分落榜的倒霉蛋相比，我的心理稍微平衡了些——这或许就是"精神胜利法"吧。有一位同学，上一次考了 59 分，这一回是 59.5 分，老天似乎在有意捉弄他，气得他跳楼的心都有了。

我就像是与太平军交手的曾国藩，屡败屡战，不达目的决不罢休。5.5 分之差，我只得重整旗鼓，万分悲壮地第五次奔赴考场。在寝食难安的煎熬中，终于盼来了放榜的日子。苦心人，天不负。这一次，我终于以 68 分的成绩通过了四级考试！我三年为之拼搏的目标，终于实现了！那一刻，我如释重负，欣喜欲狂；那一刻，我想起了范进老先生，对他中举之后的感受有了深切的理解。

我们班与我一起通过的有三人，全班仍有两人未能过关。在那个三年来最放松的夜晚，我们四位难兄难弟在学校餐馆里摆酒犒劳自己，大家喝得脸红耳赤，涕泗交流，语无伦次，昏天黑地。L君在返回宿舍的路上抱着树干吐得一塌糊涂，醉话连篇，泪流满面。这小子对学校把英语四级作为毕业前置条件的规定恨之入骨，曾无数次咬牙切齿地说："等我将来有钱了，我要把这学校买下来，建一个养驴场！"

L君的"宏伟计划"自然是不能实现的，只是不知今天的学子是否还在重复着我们的命运。拿到四级证书以后，我与英语的"恩怨"就了断了。十多年过去了，现在，我上小学的孩子也学英语了。在辅导孩子功课时，我竟然经常被难倒。想到自己曾苦学英语十几年，并且拿到了大学英语四级证书，如今竟连"小儿科"也对付不了，不禁感慨万千。

2013 年 3 月 25 日写于河源

（原载 2013 年 3 月 29 日《河源日报》）

自己走路

　　拿到大学毕业证和学位证，我便满怀希冀踏上了求职之路。家徒四壁，身无分文，只得向别人借钱作为四处出击的经费。初出茅庐的一介书生，谁会相信你？几经犹豫，终于鼓起勇气，抱着碰碰运气的想法去拜谒一位经商的熟人，不料他很爽快地答应了，尽管其妻在拿钱给我的时候打了几折，但我还是非常高兴，千恩万谢之后才告辞。

　　求职路上的艰辛曲折、失意苦楚，可谓一言难尽。曾记得在火一样的烈日之下，辗转于陌生城市的街头，从这个单位走到那个单位，汗水不知把衣服泡湿了多少遍，累得差点要虚脱；也记得在狂风暴雨之夜，带着全身的雨水和一天的失意，像刚从河里捞出来的鸡那样，仓皇地钻进家门。然而，我一直没有气馁，坚信天下之大，总有我的用武之地。

我在一首小诗里这样写道：

风狠狠地刮着 / 雨冷冷地下着 / 无助的眼神艰难寻觅 / 我的归宿竟在何方 // 我凄惶地钻进树林里 / 可树木只有空空的枝丫 / 撑不起巴掌大的晴空 / 我跌跌撞撞地扑向岩石 / 但岩壁陡直如削 / 藏不下我鹅卵大的身躯 // 纤弱而沉重的翅膀 / 振动着无泪的意志 / 既然风雨是我的家园 / 就决意飞出刚强之势

看着落魄的我，母亲甚为难过地说，人家做父母的不但为子女创下了丰厚的家业，还为子女找到了优越的工作；而她和我父亲没有为我挣下什么，连找工作的经费都要我自己去借。"唉……我们没有尽到责任啊！"她喟然长叹。

我不由得深深感慨：可怜天下父母心！

父母含辛茹苦地将我抚养成人，不辞辛劳地让我学有所成，早就已经尽到了责任。在我的内心深处，我一直觉得父母给予我的养育之恩，是我一生一世都报答不完的！每当想起父母那瘦弱多病的身体，那饱经风霜的面容，我心中涌起的是无限的凄凉、不尽的感伤……

雏鸟在嗷嗷待哺，在蹒跚试飞的时候，它的母亲倾尽呵护和关爱，而当它羽毛已丰，可以展翅飞翔的时候，母亲就不再给它什么，今后的饱饿全靠它自己的努力。做母亲的只是把它抚养到可以展翅觅食的年龄，并教给它觅食的本领，如此而已。我非常欣赏这种生存准则，认为人也应该如此。

假如你给自己的孩子留下万贯家财，锦衣玉食的他岂知创业的艰辛、财富的来之不易？金山银山也会被挥霍殆尽。假如你把孩子的将来安排得妥妥帖帖，整日优哉游哉、无忧无虑的他岂能应对人世的艰险、人生的风浪？一点小小的波折就可能击垮他的意志。古人云："生于忧患，死于安乐。"斯言诚哉！

我从不认为白手起家是不幸的事情。在我的意识里，父母纵然有百万家产，那也只是属于他们的，不应由我坐享。我现在虽然一穷二白，甚至负债起家，但我有创造生活的决心和勇气，我将直面人生，不用父母铺路，无须父母保驾，独自奋勇前行，自强不息。

创业，是一个艰辛却也不乏快乐的过程，在洒下汗水的同时，我也将体验到拼搏的乐趣和人生的意义。当我创下一番业绩的时候，那份惬意和欣慰，是那些生来就住在大宅子里钟鸣鼎食的人所难以体味到的。

因为从零起步，我知道自己不会再有退路，勇往直前就是唯一的选择，所以不管山高路陡，我都义无反顾。因为要自己创造生活，所以我懂得珍惜，珍惜每一缕金色的晨光和绚丽的晚霞，珍惜用自己的心血和汗水培育出来的所有花儿和果实。因为要经受风雨，所以在风雨中不断成熟的我，懂得在顺利和挫折交织的人生道路上该怎样走好。

1996 年 11 月 28 日写于河源桂山

（原载 1997 年 12 月 19 日《南粤法制报》）

不言"家"

  生不逢时，没有赶上单位分配福利房的时候，只得租房安身。炊具、床、桌等基本生活设施完备，虽仅一人，从某种意义上说这也算是一个"家"了，但在朋友、同事面前，我一般不说是"家"，而说"我的宿舍"或干脆说"租的房子"，在日记和书信里则称"住处""居所"或"寓所"等，因为我觉得说"家"有些滑稽。这只是一个暂时的栖身之处，是人生之船临时停泊的港湾，充其量只是一个"窝"，别人一句话，我就可能卷起铺盖仓皇离开。

  父母在，家就在；父母在哪里，家就在哪里，这是包括我在内的绝大多数中国人根深蒂固的观念。寄宿，贯穿了我初中及之后的求学生涯，我常将"好男儿四海为家"奉为圭臬，随遇而安，所以十多年来家对于我来说都是一个距离感颇强的概念，因而对这种不太安稳的生活状态我毫无心理上的障碍。

买房于我，就像是仰望高高的枝头上根本无法触及的果子，所以租房将是今后遥遥无期的常态。虽然有可能在此长期驻扎下去，里面摆的也都是自己置办的东西，但我总有住旅店的感觉，墙壁仿佛板着冷冷的脸孔，在拒绝我的亲近。尽管是我栖息的窝，但我们之间似乎缺少命运的关联。本想买些画或自己写些七扭八歪的毛笔字贴上去，使房间多些书香气息，多点生机，但一想到这只是驿站，不是自己的家，便没有了兴趣。墙上唯一的装饰（如果可以说是装饰的话）是一本朋友所赠的挂历，也是在置之于墙角蒙尘已久，在一年将到头的时候，我突然动了"恻隐之心"而钉了根钉子挂上去的。搬来之前，由于此房被出租方作了简单的改建，故地板上泥沙厚积，那是在我住了一个月之后一时冲动才彻底地将之清洗出去的，好像这些杂物的存在与我毫不相干、各得其所。

日常用品简单得不能再简单，一套炊具和一床、一桌、一椅、一茶几便是全部的家当。一者因为穷，每月的收入除去房租和伙食外所剩无几，能省点就省点；更主要的是因为这是暂时栖身的"巢"，东西多了以后搬来搬去活受罪，所以房子摆设极为简朴，显得空落落的。邻居戏言，我的房子可以做舞场，我说开武馆也没问题。说是"家"，哪有多少家的样子？我一走，这里就冷冷清清；我回来，也不会热闹多少。

家务全靠自己操持，冷暖均由自己打理，虽然粗茶淡饭，常以罐头作为上等佳肴，但小日子也算过得井井有条。把锅碗瓢盆收拾妥当、洗完澡洗好衣服后，只要不加班（加夜班赶材料是经常的事情），便可以看看书或写点东西。一本书、一支笔、一叠纸，构成了一个完全属于自己的、宁静的精神家园，日渐浮躁的心灵，在这里变得特别安宁，似乎与喧嚣的城市已毫无瓜葛。

我是孤单的牧者，在这个并不大的城市里放牧着自己的事业。凭着一份尚未消去的激情，支撑着自以为绚丽的痴情梦幻，维系着一个并不算空虚的心境。对于习惯于来去自由、天马行空的我来说，哪里都可以是家，然而哪里都不会像一个真正的家。

1997 年 11 月 5 日写于河源

（原载 1999 年 10 月 5 日《河源晚报》）

单枪匹马

大学毕业后，孑然一身来到这个陌生的城市，拿着一大沓个人材料四处推销自己，处处碰壁，所幸天无绝人之路，终于有一个单位接纳了我，给了一个吃饭的机会。饭是有吃了，但分房的福利已被取消，住房已走市场化道路，以我微薄不堪的俸禄，买房实在是痴人说梦，故只得租房栖身。置了一套炊具，摆上一床一桌一椅一几，一口之家便正式宣告成立。

下班后，首要任务是上市场买菜。我羡慕大款的风范，能够掏出一张像样的票子，扔下一句"不用找了"，拎起一把菜就走人，可惜像我一样瘦不拉几的钱包太不争气，我只得经常厚着脸皮与卖菜的小贩讨价还价，割几两猪肉也要盯着电子秤看上老半天，生怕挨宰。

回到居所，立即奏起锅碗瓢盆交响曲。自己不动手，"全家"就得挨饿。薪水勉强解决温饱，岂能将肚子问题寄于饭馆酒楼？信奉"君子远庖厨"的书生只得亲自持刀执铲，手忙脚乱，捉襟见肘，眼镜蒙烟，全没了在办公室处理公务时的淡定和风度，好在形影相吊，不会有旁人"欣赏"。夹生的饭，也会狼吞虎咽；咸咸淡淡的菜，也能当作佳肴消灭。当然，吃得最多的佳肴是鱼肉罐头，好歹也是一个荤菜，味道也不错，关键是省时省力。由于经常到居所附近的一家小店买罐头，以至我一踏进店门还未开口，老板就会主动拿出一听罐头放在柜台上。

电话里，父母必问我的饮食。在他们的印象中，我自己做饭比我当年考大学要艰难得多。我总是以一种轻松随意的语气说，没问题，吃得好好的。当得知我是独自开伙时，同事们、朋友们在深表同情之后，纷纷建议："娶个老婆吧，情况就好多了。"嘿，为做饭问题而结婚，可真够实际的。

业余时间多待在自己的寓所里，很少出去。逛街？打麻将？还不如窝在"家"中，既不让整天瘪瘪的荷包难为情，也落得个耳根清净，可以专心地读些书或写点东西。走出校园以后，被社会的潮水侵蚀得斑驳陆离，唯读书写作仍然保持着学生时代的习惯，陋室中还弥漫着淡淡的书香，于是也觉得自己并没有完全褪色。

窗外，有时传来别人的电视或音响的声音，似乎可以感觉到他们家庭那温馨的氛围。这时，面对空落落的房子和无言的案几，落寞的情绪便油然而生。于是，便非常怀念丰富多彩的校园生活，思念散落于五湖四海的同窗旧友……

冷暖无人细问，饱饿完全自理，虽不免孤独，但没有人约束，这倒也难得。关上门，就纯粹是个人的世界，想唱想跳，想坐想卧，随心所欲。耳边没有父母的絮叨，没有老婆的啰唆，也没有小孩的聒噪。管好了自己，就管好了全家，无挂无碍，洒洒脱脱。三更半夜回来，碍不着别人；日上三竿起床，也无人唠叨。如独行在大漠中的旅人，潇洒地享受着苍茫大地、长河落日。有一首诗曰："生命诚可贵，爱情价更高。若为自由故，两者皆可抛。"我拥有了比生命和爱情价值更高的东西，看来应该知足矣。

1997 年 11 月 6 日写于河源

（原载 1998 年 6 月 23 日《广东人口报》总第 417 期）

穿街过巷走单骑

    一辆自行车，风里来雨里去，上下班路上朝夕相伴、形影相随。清晨，朝着自己的岗位和责任风尘仆仆而去；傍晚，带着完成一天工作任务的成就感和充实感悠然归来。滚滚车轮，承载着我奔忙劳碌的日子，见证了我风雨兼程的身影。

    车子穿过大街小巷，始终置身于喧嚣之中，但热闹是城市的，与我没有太多的瓜葛。车轮滚滚前行，我的脑子也停不下来。我一边牢握车把、盯着前方，一边任凭思维信马由缰、纵横驰骋。我或许会回味自己走过的人生旅程，或许会反省工作中的失误，或许会瞎琢磨城市的规划建设，或许会突然思念某位久未谋面的友人……看芸芸众生南来北往、三教九流忙忙碌碌，经常也会有人生的顿悟，成了我写诗作文的灵感。我那些稀稀落落地出现在各种报刊上的"豆腐块"，不少就是在自行车上构思出来的。

我经常放弃走捷径，而绕走沿江大道。这里路面平整宽阔，车少人少，不用躲躲闪闪、提心吊胆，可以哼着小曲一马平川，有痛快淋漓之感。早晨，这里的空气像在清澈的江水中洗涤过那样，特别清新，使人心旷神怡。呼吸着纯净的空气，望着明丽的金光中轻烟笼罩的江水，会让人生出许多希望来，觉得生活是如此的美好，即便是郁闷的心情，也会立刻烟消云散。

在这个盗车贼无孔不入的年代，我这样的穷人不得不对自己的坐骑严加看管，但有一次还是中了贼人的埋伏。那天，我去看一位朋友。他住的宿舍楼大门口安装了铁门，我把自行车放在楼梯下面，心想应该没大问题，但就几十分钟时间，等我下得楼来，车已没了踪影。价值差不多一个月基本工资的车子就这样没了，让我心痛好长时间。

后来，朋友施舍我一辆自行车，是他同事搁置已久、从杂物间的角落里推出来的。这辆自行车虽出身名门，系正宗的"凤凰"牌，但已年老色衰、锈蚀斑斑、破烂不堪，前轮水盖因实在无法履行它的职责而被我忍痛卸掉了。环顾左右，竟然难以找到比它更破旧的了。骑着它招摇过市，竟也有一种独领风骚的感觉。

从城市的设计来看，自行车是不受重视的弱势群体。几乎所有道路都是为汽车量身定做的，没有给自行车足够的安身立命的空间，相当多的道路自行车与机动车混行，自行车就像是游在鲨鱼身边的鱼虾，似乎随时都有被吞噬的危险，让人不得不为骑车人捏把汗。

　　每天骑车走过那么长的路，经过那么多路口，遇到那么多人和车，危险便时刻伴随。一次，已避至路边的我，被一辆由一个少年操纵的跳着毫无规律"舞蹈"的自行车"砰"地撞上了，我们都连人带车摔倒在地上，所幸都没有受伤，小家伙立马爬起来，瞪着一副惊恐的眼睛，等待着我的训斥。念他年少无知，我说了几句"以后要小心"之类的话放过了他。

　　一个下午，我车子和一横过街道的行人玩起了"捉迷藏"，几个回合以后，终于接上了"火"，幸亏车速不快，且我的车轮及时偏开了一点，所以只是擦了他一下，没有把他撞翻在地。倘若他是恶霸或无赖，那么这点冲撞完全可以为他敲诈我提供足够的理由，好在大家只是一声惊呼后就各走各的路了。

　　还有一次更为惊险，我正骑车经过一个路口，一辆大货车飞快地从侧面驶过来，等我发现时它已冲近我身边，我已没有躲避之余地，心想这条小命就要报销了。幸亏随着一声刺耳的急刹，货车居然停住了，等我回过神来，已是全身冷汗，心跳似打鼓。

　　差那么一秒钟，就可能把别人撞得人仰马翻；差那么一厘米，就可能被别人撞得粉身碎骨，这样的厄运如影随形。在放下自行车后，我常有种心有余悸的感觉。我千万次提着自己的耳朵，叮嘱自己要小心谨慎；我千万次祈祷命运之神，使我逢凶化吉。

　　大街小巷的摩托车不断多起来了。这种喝汽油的"电驴子"

不用人力，而且速度飞快，其逐渐取代自行车成为民众出行的主要交通工具应是大势所趋。而且可以预见，在不久的将来，汽车取代摩托车成为日常交通的主角，也是不可逆转的潮流。然而，我想有朝一日，当人们饱尝城市塞车之苦的时候，当人们为汽车尾气污染付出沉重代价的时候，自行车这种对环境毫发无损又可健身的代步工具，定会重新得宠，粉墨登场的。

1996 年 11 月 24 日写于河源

（原载 1996 年 12 月 13 日《东江晚报》）

青春为已

    机关大院团支部改选，要开一次全体会议，有关人士通知我参加。这是我进入机关大院工作两年来，首次以共青团员的身份参加会议。若不是这次会议，我都不太记得还有一个机关团支部的存在。

    作为机关工作人员，开会是我平日的主要工作之一。经常奉命参加各种各样的会议，听完这个负责人发言，接着听下一位领导讲话，往往一坐就是一两个小时乃至更长时间，以致生出一种"恐会症"来。不过，这次出席团支部会议却有些异样的感觉，虽然它的程序和形式与我参加过的许多会议没有什么两样，但与会者全是年轻人，二十几个青年欢聚一堂的情景，使我似乎又回到了多年前的学生时代——那是充满朝气、生机勃勃、壮志凌云、挥斥方遒的峥嵘岁月。那时，我们一群年轻人或围坐一室，热烈地讨论问题，畅所欲言；或在露天的烛光晚会上临风高歌，淋漓地演绎青春激情；或在杨花飘飞的河边燃起野炊之火，尽兴地挥洒浪漫情怀……

走上工作岗位以后，劳形于案牍，出入于会场，消磨于应酬，纠结于生计，总有处理不完的繁琐公务，总有应付不尽的各种杂事，总有怎么也悟不透的人情世故，因而消去了激情，磨去了豪气。平日面对的是各个年龄层次的领导、同事，讲话得掌握分寸，行事得谨慎周全，岂可百无顾忌，酣畅淋漓？机关大院里的青年，特别是"围城"外的年轻人本就不多，大家又分属于不同部门，上班时各忙各的公务，下班后各散西东，各自为政，一盘散沙，几乎没有集体活动。

日子在平淡中寂然流逝，不觉自己已老气横秋。今年青年节那天，姐在电话中问我，"五·四"有什么活动，我如大梦初醒般惊呼："啊，今天是青年节？"竟然连自己的节日都忘了！一股茫然、愧疚和悲凉的情绪涌上我的心头。我蓦然意识到，青年节并没有随我走出校园，而是藏在了时光的角落里，我们之间已拉开了无法挽回的距离。

坐在沉闷的办公室里，工作之余，常不禁凝神远望窗外，无尽的是对曾经尽情挥洒青春的快乐时代的怀念，心中默默地诵念着王勃的名句："胜地不常，盛筵难再；兰亭已矣，梓泽丘墟……"

如今，面对这么多朝气洋溢的脸庞，置身于严肃但不乏活泼的氛围里，恍如昔日重现。窗外，久雨的天空有些意外地露出欢颜，柔和的阳光笼罩着枝繁叶茂的大院，盎然的生机在微风中招摇，我的心情也渐渐明朗起来，思绪随着天空的深远而飘远……

晚饭后，大家一起尽情地唱歌、跳舞、玩游戏。虽然吼累了嘴巴，喊哑了嗓子，拍红了手掌，笑痛了肚子，但那朝气蓬勃的场面、那亲密无间的气氛、那畅快无羁的感觉，令我深深地感动和沉醉。我重新找回了似乎尘封已久的朝气和激情，我又拥有了年轻人独有的浪漫情怀……

这一夜，逸兴遄飞，浮想联翩，久久难眠。

1998 年 6 月 14 日写于河源

（原载 2003 年 5 月 7 日《河源广播电视报》）

第一封退稿信

　　在我懂得投稿、开始投稿的时候，报刊已经不兴退稿了。我的笔杆子耍得十分笨拙，我把用这手拙劣的技术苦心经营出来的各种各样的稿子投向四面八方，结果被采用的寥寥无几。就像一位不谙渔事的渔者，拼命地撒网，结果只勉强捞到了几条小鱼。尽管被采用的极少，但收到的退稿信也为数不多，因为不多，便弥足珍贵，没有把它们扔掉，而是认真地收藏起来。

　　第一封退稿信是中国少年报社寄来的。在收到这封退稿信之前，我已向各种报刊投去了许多稿件，但这些稿件都如同放到河流中的纸船，一去而杳无音讯。稿子寄出去之后盼望收到采用通知单或样报样刊的那种单相思式的期待和煎熬，只有初学写作的投稿者才会有深切的体会。每当看到邮递员的身影，我的心中就会腾起热切的希望，但奇迹总是没有出现，那些稿件如同断线的风筝，最终不知流落到了何方。

终于有一天，我收到了中国少年报社寄来的信件。这是一个中号牛皮纸信封，上面印有中国少年报名称及地址等，鲜红的文字，看起来非常神圣，散发着令我心醉的特殊气息。我捏了捏，里面不像是报纸，我多么希望是一张稿件采用通知书！我抑制住心脏的狂跳，哆哆嗦嗦地拆开信封，抽出来一看，是自己投寄的稿子，还有一封退稿信。虽然又是一次失败，不免有些失望，但终于收到了报社的回音，毕竟证明报社是认真对待我稿子的，所以我不但没有多少沮丧的情绪，反而有一缕淡淡的欣喜。这是一封寥寥数行的通用油印信，是普普通通的退稿信，本身并没有什么特别之处，但这是我有生以来收到的第一封退稿信，所以在我的人生中有着特殊的意义。

抚摸着退稿信，我突然想起了英国作家约翰·克西里的故事。这位著作等身的小说家年轻时曾收到过743张退稿条，但面对一次次的失败，他毫不气馁，仍然坚持创作，决不言弃。他说："不错，我正在承受人们所不敢相信的大量失败的考验。如果我就此罢休，那么所有的退稿条都变得毫无意义。但我一旦获得成功，每一张退稿条的价值全部都要重新计算。"经过不懈的奋斗，约翰·克西里后来终于成了闻名遐迩的作家，一生共写下了564本书！

我在中国少年报社退稿信的右下角，郑重地写上"第一封"三个字。我决定，此后收到的退稿信要这样依次编下去，看看我是否也能像约翰·克西里那样收到 743 封退稿信。

"成功的秘诀在于恒心。"我相信迪斯雷利的名言。课余，别人谈笑打闹、看武侠小说、打扑克下象棋的时间，我不是阅读名家作品，就是埋头写作。一行行稚嫩但顽强的文字，使我的习作本不断多起来。

苦心人，天不负。终于有一天，我的作品首次变成了铅字，被堂而皇之地印在了报纸上，虽然被排在那么不显眼的位置，而且只占了那么微不足道的篇幅，但这是我平生首次发表作品，是我在无数次失败之后的首次成功，就像一直打败仗的军队，终于攻下了敌人的一个山头，那是何等激动、欣喜欲狂！此刻，我感觉阳光格外灿烂，天空分外爽朗，目之所及都是如花笑靥，耳边响起的都是欢歌笑语……

两年前搬家的时候，许多东西都舍弃了，第一封退稿信却至今仍被我郑重地珍藏着。它是我曾经失败的标志，像一座高高的石碑矗立在文学的道路上，当我苦苦求索而蓦然回首之时，便可以清楚地看到它，它会激起我不愿低头的勇气，使我发愤图强，筚路蓝缕，风雨兼程。

1996 年 1 月 31 日写于紫金

（原载 1996 年 2 月 29 日《天津邮报》总第 235 期）

心已平静

　　不知何时起，我对写作产生了浓厚的兴趣，把当作家诗人作为自己的理想，于是在紧张的学习之余总爱写些东西，甚至在课堂上也信手涂写，然后把那些幼稚拙劣的稿件投向天南海北的报刊，企盼奇迹从天而降，但望穿秋水，等来的只是一些退稿，更多的则是如水滴沙漠，不知所踪。

　　或许是屡败屡战的勇气感动了铁石心肠的编辑，有一天，在一份教育类报纸上终于出现了一篇赫然署着我名字的作品。我清楚地记得，那是九年前一个下午的课间，一位刚从学校收发室回来的同学递给我一封报社寄来的信件。牛皮纸信封上，鲜红的报社名称异常扎眼，闪烁着让我顶礼膜拜的光芒。信件鼓鼓的，里面显然是几张报纸。我抑制着内心的激动，迫不及待地拆开，发现果然是一份折叠好的报纸。我微微颤抖地把散发着诱人油墨芳香的报纸展开，飞快地浏览起来，终于在"报屁股"上看到了自己的作品。那一刻，我的心跳骤然加速，血液在血管里沸腾奔突，我感到天地间豁然开朗，眼前盛开无数鲜花，人们都向我展示着灿烂的笑脸。恍惚中，我骑着彪悍的骏马，在广袤的原野上纵横驰骋，享受着习习凉风，饱览着如画风光，飘飘欲仙……

虽然这只是一篇一百多字、短得不能再短的小东西，可能为别人所不屑一顾，但这是我经过无数个日夜的奋战和许许多多的失败之后的首次胜利，这是我有生以来第一篇变成铅字的心血之作，特别是我天真地以为自己已经叩开了文学这扇神圣的大门，已经看到了理想的枝头绽开芬芳的花朵，我焉能不激动万分、不欣喜欲狂！

在此后的日子里，我不知多少次打开这份珍藏在书桌抽屉里的样报，不厌其烦地凝视自己的这篇"处女作"，每一次都能得到极大的鼓舞，获得巨大的写作动力。

岁月在执着地前行，我也在文学这条崎岖的小径上跌跌撞撞地行进。历经无数寂寞，洒下无数汗水，绞杀无数脑细胞，我在报刊上发表的作品渐渐地多起来，贴着自己作品的剪报本也渐渐地厚起来。为缪斯而悲而喜的心由于频频的刺激，逐渐变得平静了，可谓曾经沧海难为水。如今，收到样报样刊，已经没有了往昔的那种狂喜，有的只是掠过心头的一丝淡淡的喜悦，有时甚至几乎没有什么欣喜之情，犹如涓涓流淌的小溪，看不到一点水花。最习惯的动作是展开报刊，匆匆地浏览一下自己的作品，看被编辑做了哪些修改，看有没有印错之处，如此而已。当然，也会把这些作品剪下来，在积聚到一定数量的时候，贴进自己的"作品集"里。"作品集"只有在这个时候才会被拿出来，其余时间任由之置于高阁，与灰尘为伴。

随着年龄和阅历的增长，对自己的能力有了更全面的认识，包括"作家梦"在内的许多彩色的梦想，已被我封存于时光的深处，偶尔忆起，已然感觉相当的遥远和陌生。如今，我不再为发表作品而牵挂忧心，不过写作仍然在继续。没有什么宏伟的创作目标，也没有什么周密的写作计划，文学，只作为一种业余爱好，有触动内心之物事便随手记之，有不吐不快之感觉便信笔写之，自觉像样的便誊好寄出去，能被刊登自然好，不能发表也无所谓，顺其自然。

1997 年 11 月 23 日写于河源桂山

（原载 1997 年 12 月 20 日《天津邮报》总第 300 期）

特殊的"集子"

　　我有一部特殊的"集子"，既不是诗集，也不是散文集，而是由稿费汇款单"附言"组成的"小书"。

　　报刊社在寄稿费的时候，一般都会在"附言栏"上对这笔汇款做出说明，这手指般大小的纸片记录的是作者付出的汗水和心血，也体现了报刊对作者劳动的尊重与回报，所以每当收到一笔稿费，我都会把"附言栏"剪下来，编上号，用夹子依次夹好，像邮品一样珍藏。

　　汇款单"附言栏"上的留言，一般都用简洁的文字注明这是哪月哪日或哪一期的哪一篇文章的稿酬。这样即使收不到样报样刊，也可以"按图索骥"，去寻找印有自己作品的刊物；纵然找不到这期报刊，至少也知道自己的某篇作品何时被采用了。最为特别的是中国少年报社的"附言"。它是一封短信，用热情洋溢的语气告知作者什么作品什么时候发表了，并欢迎今后继续来稿。信虽短，但情意长，让人在为他们巧妙利用"附言栏"的方寸之地作文章的艺术而叹服的同时，也为他们对作者的一片诚挚之情而感动。此后，每当见到《中国少年报》，我心中都会涌起一股亲切的感觉。几千个日夜过去了，对这封特别的"信"我记忆犹新。

这些年来，案牍劳形，忙得焦头烂额，集邮册早被束之高阁，但这个稿费单附言集我偶尔还会拿出来翻阅。看它，就像读一本书，可以读出心灵的充实，可以读出奋进的激情，可以读出人生的感悟。

翻开"集子"的第一页，第一次收到稿费的情景历历在目，恍如昨日。那是十多年前我还在上中学的时候，一份报纸刊登了我的一篇小作品之后不久，给我汇来了四块钱的稿酬。当从学校收发员那里接过汇款单时，我激动不已，血液沸腾，心跳如鼓，语无伦次。稿费虽然微不足道，但这是我的作品首次受到刊物的肯定，这是我平生收到的第一笔稿酬，这区区四块钱对于我这样一位苦求文学的少年来说，其意义不同凡响，足可载入人生史册，铭记一生。当时，我天真地以为，自己写的文字终于可以"登堂入室"了，十六岁的我终于可以利用自己的笔杆子挣钱了，那种自豪的感觉不亚于解放军登上国民党的总统府，不亚于拿破仑将阿尔卑斯山踩在脚下。

"集子"的每一页，都代表着一篇或数篇作品，厚厚的"附言集"就代表着我多年的写作生涯。这些文字虽然多作为报刊的补白之用，不会给读者留下什么印象，有的甚至连我自己现在也不忍卒读，但它们毕竟是我多少个不眠之夜、多少汗水和心血的结晶，每一个文字都是我在文学的羊肠小道上苦苦攀登而留下的深深脚印，只有我自己才知道它们的价值。

翻开"集子"的每一页，我都可以读到不同但又相似的故事——那是我搜刮枯肠、绞尽脑汁的艰辛，那是稿子寄出之后长长的等待，那是捧着油墨芳香四溢的新作时的欣慰……翻开"集子"的每一页，我都可以看到自己在文学之路上坚毅跋涉的身影和蹒跚沉重的步伐。我越来越清楚地认识自我，知道以自己三扒两抓的本领，绝不可能登上金光闪烁的文学之峰，所以我抛弃了年少时那些让我豪情万丈但不切实际的理想，我的心态已趋平和。我不消极，我仍然写着，但不为梦想，只为兴趣。

如今，邮政汇款使用电子汇兑，方便、快捷，其优点是传统汇寄方式无法比拟的，但这种汇款单的"附言栏"是不能撕下来留存的，这意味着我特殊的"集子"再也不可能增加页码了，不免让我感到遗憾。

2003 年 10 月 22 日写于河源

（原载 2003 年 11 月 10 日《河源日报》）

感谢拒绝你的人

拒绝，关上的是一扇门，但给了你打开另一扇门的机会，从这一个门进去，你可能会有更多更好的收获，所以对于拒绝你的人，大可不必怨恨，相反，你还要感谢他。

若干年前，我揣着美丽的梦想和大学毕业证书等一些自认为有用的资料来到一个城市，踏上了曲折的求职之路。在市人才交流中心的推荐下，我敲开了一家新闻媒体老总办公室的门，想谋个编辑记者之类的差事。老总不冷不热地说，我的专业不对口。我说，我是经济类的文秘专业，既懂经济又会写文章，并把自己在报刊上发表过的一些文章呈给他过目。他颇为不屑地说："我这里有一堆作家呢！"我悻悻地告退。后来，我了解到，另一位专业更不对口的大学毕业生进了这个单位当记者，个中缘由，大概只有当事人心知肚明了。

同样是拿着人才交流中心的介绍信，我来到一家国有企业。一看就像是老总的老总随便翻看了我的资料，随意问了些问题，然后叫人事科长接待我。人事科长留下了我的资料。之后，就没有了下文，我也没有再去打听过。我是这么想的：他们看中你的话，肯定会找你；他们不跟你联系，你去打听，那是自讨没趣。已在社会上历练过几年的师兄对我说："在这个办事讲关系走后门的年代，你只凭一纸公事公办的介绍信找工作，就看瞎猫能不能碰上死耗子了。"

　　Z县委办公室要物色一个能写东西的人，尽管我并没有当官的念头，但心想能在"衙门"里捧个"铁饭碗"，应是不错的选择，于是在一个清晨，我前去县委办公室拜谒这个单位的"一把手"。这位四十多岁的长官已是一副百炼成精的模样，他未置可否，从他的神态上我也看不出他的真实想法。若干天后，也是以"专业不对口"的理由，将我拒之门外。有意思的是，不久之后，也在觅"写手"的一个县级政府办公室却恰恰是因为我的专业相近才发现了我，几年后，我不但在这里"写"成了"写手"们的小头目，后来还调到党委办公室做了分管"写手"们的负责人。当然，这是后话。

　　那时，求职成了我的"职业"，只要有一丝信息，我就会像饿狗看见了带肉的骨头那样毫不犹豫地扑过去，但每次都以失败而告终。多少次，在烈日之下，我烙饼般地从这条街道"翻"到那条街道，茫茫然如汪洋里的扁舟；多少次，在突如其来的风雨之中，我全身被淋透，惶惶然如丧家之犬。

尽管如此，我并没有气馁，更没有绝望，我坚信天生我材必有用，天下之大，不可能没有我的容身之地！

一天，离家百里之外的一个县级政府办公室的主要领导主动联系上了我，在我们见面之后不久，我就接到了去这个单位报到上班的通知。对于及时给了我一根"稻草"的这位领导和有胸怀接纳我这个外地人的单位，我一直心怀感激。在这里工作近十年的时间里，工作任务异常繁重，非一般人所能忍受，但我坚持了下来，视苦为乐，兢兢业业，没日没夜地干，倾尽自己的汗水和心血，奉上了最好的青春年华。在这平凡但很有意义的岗位上，我实现了自己为社会建功立业的理想。

回首自己走过的路，真的要好好感谢那些曾经拒绝过我的人。如果那个一直以来惨淡经营的新闻单位接纳了我，那么我可能为了稻粱而不得不违心写些有偿新闻，或者为了多挖点猛料而不得不充当不择手段的狗仔队员。假如那家当时已半死不活的国有企业录用了我，那么几年之后我就像其他员工那样成了下岗职工，不知会在街头摆个"眼镜地摊"与城管周旋，还是为人编些广告小报、宣传单之类的东西以混碗饭吃。倘若 Z 县委办公室收留了我，媳妇熬成婆的我应该混到了一官半职，但可能会在那个天空只有脚盆般大小的山城里郁郁寡欢，终老一生。

2013 年 5 月 31 日写于河源

（原载 2013 年 6 月 21 日《南方日报》、

2013 年 10 月 11 日《河源日报》）

菊满东篱

既然捧了这个饭碗，就要对这个职业有足够的尊重，必须对得起这份薪水；既然戴了这顶帽子，就要珍惜这个崇高的称号，必须对得起无数双充满期待的眼睛。

（《为师之责》）

　　当把顶峰踩在脚下的时候，我们从容地微笑，然后平静地告诉自己："还有下一个山峰！"

（《我们不是浮萍》）

　　不要太在乎你是置身于草原或者沙漠，再美丽的形式，也经不起你长久的注视，而深邃的精神，则是永远探不完的财富。

（《内涵》）

　　在时代的大潮中，每个人都是被裹挟者。谁都不希望看到人情冷漠的现实，但大家又都是这一现实有意无意的制造者。

（《闹市中的一段路》）

为师之责

  正在上小学的儿子对我说，老师有时评改作文是按字数评级的，他写了五百多字，超过要求一百多字，结果老师给了一个"A"。我说不可能的，哪有这么儿戏的？为了证明自己的发现，儿子把他的作文本翻给我看。"你看，这些长的，都给了 A；这些短的，都给了 B。"他又说，最近的这篇习作是早上交上去的，下午放学时就发下来了，全班六十多个同学，这么短的时间，老师能改得过来吗？

  我顺手翻了一下孩子的作文本，发现此前的几篇习作老师的所谓批改，不过是订正了几个错别字，写一两行"想象力丰富""语句不够通顺"之类的评语，然后给个等级，有的连评语也没有，只是给个 A 或 B。

  记得我上小学、初中那时，一般是一两个星期写一篇习作，老师多改得很仔细，连标点符号也不放过。老师所改之处，就是必须引起足够重视的地方或者是应该努力的方向，我用心揣摩，反复领悟，深受教益。有的老师还视情况让学生围在自己身边，当场评改某位学生的习作，逐字逐句进行修改、润色和点评，可谓手把手地教，使我们印象深刻，受益匪浅。至今我依然清晰地记得，二十八年前一个阳光灿烂的上午，我恭敬地站在老师的身边，聆听他对我一篇电影观后感的细心评讲。老师手上的笔就像是一把锋利的刻刀，精雕细琢，不放过任何一个细节，化腐朽为神奇，愣是将我拙劣的粗坯雕刻成栩栩如生的精品，让我感念至今。后来，我从事办公室文字工作，就将老师的这个方法予以传承和发扬，常把部下叫到身边，当面指出材料存在的问题，讲解文章的修改思路，传授谋篇布局的诀窍技巧。

在一次研究教育事业发展的政府工作会议上，一位曾经长期在基层分管教育工作的领导说，教育质量与教师的责任心息息相关，一些学校教学质量低下，很大程度上归因于教师责任心不强。这话听起来有些刺耳，但我以为不无道理。

在我的周围，不少人为自己的孩子小学毕业后是上公立中学还是私立中学而纠结：上公立学校吧，教学质量令人担忧；上私立学校吧，一年要支付两万元左右乃至更高的学杂费。这的确是一道令人颇为踌躇的选择题。就教师的整体素质而言，按说公立学校不会比私立学校差，但私立学校在管理上胜一等，更能激发教师的责任心和积极性。

现在的教师，再不济，也是个中专科班出身吧。想当年我上小学的时候，整个学校也没几个公办老师，从一年级到五年级（那时不设六年级），教我的大部分都是民办老师。他们半截身子是农民，只有初中或者高中学历，绝大多数连普通话也说不好，基本上用家乡土话授课，但他们在务农之余，一心扑在教学上，倾其所有为学生传道授业解惑，所以为社会培养了一拨又一拨超过自己的有用之才。

那时没有五花八门的练习册，课后练习也不多，一两个小时完全可以把作业做完，并将课文读熟，根本不像现在的孩子，书包要把脊梁压塌，功课要苦战至深夜。不过，老师都很重视学生作业的精批细改，以从中发现学生普遍存在的问题和每个学生的弱项，从而采取相应的补救措施，所以可以取得较好的教学效果。那时，不住校的老师都带一个布袋，在放学后将学生的作业带回家去仔细批改。那鼓囊囊的袋子，装的是神圣的职责和沉甸甸的关爱。

几十年来，我的脑海中经常浮现出老师挑灯改作业备课的情景，我一直认为，我有今日与老师这样的呕心沥血有着必然的联系。现在还如此用功的教师明显少了，许多教师一放学就不太理教务，不是麻将、应酬，就是网络、电视剧，哪里还备课改作业至深夜。听一位朋友说，他儿子的数学老师曾经有一两年时间常常晚上与他一起"砌长城"，从饭后奋战至三更半夜，悬梁刺股，孜孜不倦。这样的教师，岂能有时间和心思去细改学生的作业和钻研教学？曾有一位痴迷麻将的教师，一日开始上课时发现黑板没擦，遂大声喝问："今天哪位同学坐庄，竟然连白板也不擦？"学生们不明就里，面面相觑。

我们真不得不慨叹，时代不同了，风气也不同了。

在城市化如火如荼的背景下，如今城里的学校普遍爆满，一位难求，而农村学校基本上都生源稀少，门可罗雀。去年，我曾访问一所农村小学。当年拥有二三百名学生的学校，现在包括老师在内只有六七十人。我与学校领导开玩笑说，你们一位老师带几个学生，都赶上大学教授一人带几个研究生的"待遇"了。农村如今这么高的师生比，完全可以做到因材施教，精心培养，本应有更好的教学质量才是，现实却让人揪心。一位在城里当老师的朋友说，本学期他所教的班从乡下转学来一位女生，他出了几道基础知识题目给她做，想摸摸底，结果这位同学竟然没有一道题答对的，让人大跌眼镜。朋友大呼不解，大摇其头。我不知道这是否属于特例，我也清楚学生成绩差不能全怪老师，但当今农村的教育现状的确让人担忧。农村留不住人才，教师总是想方设法往城里跑，有多少人能够安贫乐道、踏踏实实地守住阡陌中的一方讲台和几个留守儿童？

我记忆中的老师，多将自己的职业当成毕生事业，以学生成才为己任，以桃李满天下为荣光。春蚕到死丝方尽，蜡炬成灰泪始干。那时没有老师当家教的现象，给差生开小灶也是免费的，因为在老师的潜意识里，教书育人是自己的天职，不应该成为牟利的手段。在强烈的事业心和责任感驱使之下，老师自然会全身心投入自己的职业，视校为家，以教为乐，鞠躬尽瘁，死而后已。那崇高的师德，是照耀在学生人生道路上的阳光，永远明亮而温暖；那神圣的师魂，是屹立在时代浪潮中的丰碑，永远伟岸而瞩目……

不可否认，教师也是凡人，不应该要求教师们都是无私奉献的楷模、不食人间烟火的圣人、只知干活不会享受的清教徒，也不应该以几十年前的标准和眼光来要求和看待现在的教师。但是，我以为，既然捧了这个饭碗，就要对这个职业有足够的尊重，必须对得起这份薪水；既然戴了这顶帽子，就要珍惜这个崇高的称号，必须对得起无数双充满期待的眼睛。

2015 年 4 月 25 日写于河源

（原载 2015 年 5 月 25 日《河源日报》）

升　旗

朝着绯红的东方，伴着雄壮的义勇军进行曲，一面鲜红的缀着五星的旗帜，像一轮红日，冉冉升起来了！

旋律激昂，气贯长虹。群山肃穆，万木凝神。血液在我的血管里沸腾奔突，热浪在我的胸中汹涌澎湃。信仰、理想、激情、力量，在我的心底回旋腾涌，奋发飞扬……

透过不断上升的旗帜，我清晰地看见了那并不遥远的过去——

一群勇敢的巨人，高擎冲天火炬，在布满荆棘、血雨腥风的崎岖路上艰难前行，力图将微弱但坚毅的光芒，照亮混沌龌龊的世界。在黑暗的仇视中，在残酷的暴力下，前面的英雄纷纷倒下，灼热的鲜血染红了大地，但后面的勇士毫不犹豫地紧跟上来，接过不灭的火炬，昂首阔步，怒吼如潮，顽强奋进……

黑暗终会被驱散，光明必然降临人间。终于有一天，鲜血染就的曙光，红遍了赤县神州。中国，这块古老的大地，终于成了赤旗的世界。那段艰难的漫漫征途，在史册里留下了辉煌的篇章。无数英雄的灵魂，融进了鲜红的旗帜，飘扬在祖国壮丽的山河。

我们生于红旗下长于红旗下，有责任记住那段血与火的历史、那段艰苦卓绝的征程，更有责任捍卫这来之不易的旗帜，高举这鲜红的旗帜去实现先人构思的宏伟蓝图！

我们或握着锄头、拿着钳子，或捏着笔杆、敲着键盘；我们或劳动在乡村、城市，或工作在蓝天、大海，但我们同样在贡献心血和汗水，同样在创造幸福和未来。我们每一个火红的人生融合在一起，就是一面鲜艳夺目、光映乾坤的五星红旗。让我们共同努力，使这神圣的红旗飘得更高，扬得更欢，在世界如林的旗帜中分外瞩目，独领风骚！

红旗升起来了，迎着喷薄而出的朝阳，在晨风中吹起了前进的号角："呼啦、呼啦……"

1990 年 2 月 28 日写于紫金

（原载 2002 年 10 月 26 日《河源日报》）

沉重的名字

　　按理说，人的名字仅仅起着代号、易于识别的作用，不管是张三李四，还是陈谷子王麻子，都没有太多的实际意义，然而掂量掂量这一两个字，分量还挺沉重的。

　　受传统思想的影响，人们在取名时有诸多顾忌和约束，往往要绞尽脑汁、费尽周折。一亲属喜得贵子，请我父亲给他取个名字。亲属说其小儿"五行缺火"，故要求其中一个字要带"火"字旁的，另一个字按家族的辈分早已由祖先统一排定了。好事的我翻开字典，发现"火"旁的字不少，但意思好的并不多，我从其中择出"熠""烨""煜"等几个"好字"任其选择。约一个月后，亲属来到我家说，本来取的是"熠"字，但不久突然想起一位远房叔公的名字里也有个"忆"字的，"熠"与"忆"同音，不妥当，几经权衡，最后取了个"炎"字。我父亲说，族内有一位前辈的名字也叫"炎"呀。亲属不无遗憾地说："唉，取什么名字好呢？前天刚去报了户口，看来又要去一趟了。"

名字之避讳，可谓源远流长。在古代，祖先、皇帝或其他重要人物的名字是不能随便说出口的，倘若取名与之相同——哪怕只是其中一个字，便是大逆不道之举。一些手握生杀大权的皇帝，干脆就禁止别人用他的名字。据有关资料记载，那个政治上昏庸无能，但书法造诣却很高的宋徽宗赵佶，就将与"构"谐音的"够"等几十个字全部禁用，天下敢怒不敢言。

在封建专制时代，犯名讳可是大罪，不但本人会招致杀身之祸，还有可能株连九族。最典型的是清朝乾隆时的《字贯》一案。江西举人王锡侯认为《康熙字典》收字太多，"学者查此遗彼，举一漏十，每每苦于终篇，掩卷而仍茫然"，且"字犹散钱"（意即字与字之间没有联系），聪明好学的他便采取"以义贯字"的办法，把音或义相同的字归在一起，自己编写出版了一部名叫《字贯》的工具书。"诋毁"和擅改《康熙字典》已是胆大妄为，更要命的是王锡侯竟无意中犯了名讳之忌。他在此书凡例中写道："圣祖庙讳玄，避用元字，烨避用；世祖庙讳胤，避用引，禛避用正；乾隆御名弘避用宏，避用历"。其本意是想告诉读者对君王等的名字如何避讳，一时大意自己反而犯了忌。乾隆认为："此实大逆不法，为从来未有之事，罪不容诛，即应照大逆问拟，以申国法而快人心。"结果，王锡侯被满门抄斩，连看过《字贯》而未检举的官员和为王锡侯诗文写过序的人也被问罪，牵连近百人。

同样荒谬的是唐代著名诗人李贺的遭遇。《旧唐书·列传·李贺》载："李贺，字长吉，宗室郑王之后。父名晋肃，以是不应进士。"因为李贺的父亲名叫李晋肃，"晋"与进士之"进"同音，李贺竟然因此不得应进士之试。尽管有韩愈写《讳辩》一文力挺，才高八斗的李贺终与进士无缘。

　　如今，名讳不会招来杀身之祸了，但仍然会引发流血冲突。某村有一个大家族，几年就要举行一次大聚会，但常因家族成员名字起争端。活动的重要内容是祭祖。在祭祖仪式上宣读子孙名单时，发现有些晚辈名字未避讳，与长辈的名字一字相同或完全相同（包括谐音字），矛盾因此而生，先是口舌开仗，接下来便拳脚交加，把本该欢声笑语的聚会变成了脸红鼻肿的比武会。看着"孝子贤孙"们在自己的面前胡闹，面对一大桌丰盛供品的祖宗们还有心情吃下去吗？

　　某村有个叫暑安的人，几年前生了个女儿，取名曰惠英，同村的阿甲甚为不满，认为暑安是存心跟自己过不去，因为其妻子女儿名字分别叫惠云、丽英，他宣称必报此仇。老天不负有心人，次年，阿甲喜得一子，于是取名红暑。你暑安女儿取我妻女的名字，我阿甲儿子就取你父亲和你本人的名字（暑安的父亲名叫红光），看谁占谁的便宜！阿甲终于出了一口恶气，只是他儿子顶着这个名字，不知招致了多少笑声。

　　民间流行"姓名学"。不知是谁的"伟大"发现，认为一个人的姓名与其命运紧密相关，所以取名非常有讲究，比如笔画、读音、字义、偏旁部首等都大有学问，甚至名字要与生辰八字切合，说得玄之又玄，吹得神乎其神。地摊上就有不少此类书刊，据说还颇为畅销。我一位朋友五岁的外甥由于大人没看管好，玩耍时失足溺死于村中一条河里。一个活蹦乱跳的孩子怎么转眼间就成了水中的冤魂了呢？"大师"煞有介事地指点迷津：小孩的名字叫乾坤，太大了，乾坤那是多大的东西啊，大得不可想象，这位小孩的"命"小，哪能承受得起呀！就像单薄的身体，岂能挑起千钧之担？

"姓名学"本是无稽之谈，让人大跌眼镜的是，此歪理邪说竟然也有不少人深信不疑，以致"大师"的财源如长江之水滚滚而来，书商也数着票子笑得合不拢嘴。

唉，名字这东西，真不是东西！

1995 年 10 月 18 日写于紫金

（原载 1997 年 1 月 24 日《东江晚报》）

三顾书店

我嗜书如命，宁可一月食无肉，不可一日无书伴。最近自主选择在一个小县城实习。在实习单位的附近，有一家国营书店，在这个小县城里算是规模最大的书店了。实习期间，我去过三次，其中两次空手而归。

走进书店，映入眼帘的是各式各样、花花绿绿的书刊，展现了出版界的繁荣气象，让人眼花缭乱。但当静下心来，透过我"学究"的眼镜仔细扫瞄，发现质量上乘的书并不多，不禁有些失望。说"不多"，意味着还有一些，但这"一些"当中想买的在价格上又使我却步。

虽然信奉"钱财如粪土，唯有读书高"。然而，没有钱财，哪来书读？穷书生最缺的偏偏是这个"粪土"，所以买书时对价格自然特别敏感。俗话说水涨船高，随着纸张、印刷、人工等费用的上涨，书价提高是理所当然的，但一些书的定价实在是太离谱了。我在这家书店看中了一本书，标价十多元，觉得偏贵，几经踌躇，终于还是作罢。一日路过一小书摊，正好发现也有这本书，结果仅花几块钱就买来了。千万不要以为小地摊销售的都是伪劣产品，我认真研究过，此书并非盗版。

一些书价格之虚，我是心知肚明的。一年前，在一位老同学的撺掇下，我曾经与他一起利用节假日去推销图书，试图挣点血汗钱，补贴生活费，以减轻家里的经济负担。书是老同学从正规出版社直接提来的，如果按标价销售，那么每卖出一本，我们就可以提取一半以上的价款，其标价之虚，可想而知。有过这样的经历以后，我买书时便较注意了，对于价格严重偏高的书，除非实在舍不得，否则不买，因为我不甘心引颈挨宰。

古典名著、世界经典之类的书很能激起我的购买欲望，但其中相当部分采用高级纸张印刷，并进行了豪华的包装，所以定价较高，货是真、价也算实，但穷书生囊中羞涩，权衡再三，终于下不了买的决心。走出书店，自言自语："我要的是用来阅读的书，不是送人的礼品，也不是花里胡哨的摆设，豪华与否有何关系？"据说现在有一种专供装饰用的"书"，装潢异常精美，特别高档大气，若一排排置于书架，则气度非凡，蔚为壮观。如果你随手抽出一本翻翻，你的眼镜立马就会跌了下来——原来此"书"只是花架子，徒有其表，没有内页，充其量只能算是"书套"。究竟有谁在陈设和炫耀这样的"书",我不得而知,反正我是绝对不会允许这样的东西盘踞我书架和案头的。

三顾书店,只有一次是买到了书的,而且一买就是几本。不过这次恰逢节日促销,书店七折出售旧书。这几本书出版年代都已久远,积满灰尘,这么长时间都没有卖出去,可见它们并不太受人欢迎,不过很对我的胃口。在凌乱不堪、灰尘飞扬的书堆中,我发现了它们,赶紧拿在手里,生怕被人抢走了。按照多年前出版时的标价,还打七折,我自然拣了个大便宜——这几本书标价总共才五块半,我以三块多钱买了下来。按如今的行情,这叠厚厚的书没有四五十块钱恐怕是买不到的,于是为自己的好运气高兴了半天。

骑着自行车,驮着这些宝贝招摇过市,穷书生一边哼着小曲,一边异想天开:"如果书店天天七折优惠,那该多好!"

1996 年 1 月 14 日写于紫金

我们不是浮萍

世纪末的我们，血气方刚；新世纪的我们，朝气蓬勃。

我们不是水中的浮萍，随风飘荡；我们不是空中的杨花，任意东西。我们是水中的游鱼，自主沉浮；我们是空中的飞鸟，搏击苍穹。

我们有自己的思想，面对刮东刮西的狂风，我们泰然自若，因为我们知道自己的方向；面对如潮如沸的喧嚣，我们气定神闲，因为我们有执着的追求。

我们有自己的思想，面对"硝烟弥漫"的棋盘，我们踌躇满志，冷静地指挥着精干的棋子，纵横驰骋；面对素洁宽幅的宣纸，我们成竹在胸，运笔如龙蛇奔突飞动，挥洒自如。

因为有自己的思想，所以我们能正视自我，不会关在小屋子里顾影自怜、唉声叹气，也不会站在门外大喊大叫、自吹自擂。我们知道自己在舞台中的角色，忠实地表演着自己的节目。

因为有自己的思想，所以我们敢于直面人生。跌倒了，我们可能会高歌"何以解忧？唯有杜康！"但很快就会站起来，拍拍身上的尘土，继续赶路。

因为有自己的思想，所以我们豪迈激越，永不自满。当把顶峰踩在脚下的时候，我们从容地微笑，然后平静地告诉自己："还有下一个山峰！"

新世纪深沉地逼视着我们，我们将用自信犀利的目光和傲视群雄的豪气，让它垂下眼帘，俯首称臣。

1996 年 5 月 4 日写于天津

（原载 1996 年 5 月 13 日《天津青年报》，

获该报"我与新世纪征文"三等奖）

书信乱弹

面对命题作文，抓耳挠腮，冥思苦想，半天憋不出一个字来；给知己写信，势如破竹，洋洋洒洒，千言万语，倚马可待。

给长辈写信，搜肠刮肚，绞尽脑汁，指头般粗的字凑不满一页纸；给恋人写信，思如泉涌，下笔千言，难以打住，装进信封时才发现已超重矣。

信之长短与人的年岁是成反比的。年轻时，不谙世事，毫无顾忌，思想活跃，什么都可以入信，动辄数页；年长时，曾经沧海，心态苍凉，一般的事情已不想或不屑形成文字，写信往往轻描淡写，言简意赅，寥寥几行。

散文式的书信，多流自年轻人笔端；公文式的书信，多是年长者之手笔。

对于父母来说，家书抵万金；对于孩子来说，汇款单才是望眼欲穿的福音。

名人书信，即使是鸡毛蒜皮之事，也会被报刊隆重刊出；无名小卒的书信，除非出类拔萃，否则休想打动编辑的铁石心肠，盖差别在一个"名"字也。"无名氏"们不必为此愤愤不平，倘若他们不是徒有虚名的话。

偷拆别人信件者，往往一边拆一边在心里说"私拆人家的信件是违法的"，但不达目的不收手。呜呼，法律意识斗不过好奇心也。

某人收到"连锁信"，信上曰必须抄写二十封寄出，这样就会有神仙赐福，否则会大难临头。此人于是诚惶诚恐，遵旨苦抄二十份，一一寄出。始作俑者固然可气可恨，遵之照办者更是可怜可悲。

以前，对不采用之稿件，报刊会予以退回，并附退稿信。如今，几乎不退稿了，退稿信成了稀罕之物，芳颜难睹矣。将来随着信息化的发展，恐怕投稿也普遍电子化了，连稿也不用退了。看来，像收集粮票那样收集各种各样的退稿信，是大有可为的事业，有识之士应该赶紧下手。

林肯说，他发怒的时候，往往写信尽情发泄，写着写着，气便逐渐消了，写完便把它扔掉。那些一吵架后就摔碗砸锅的夫妻，不妨试试此法，纸笔的成本可比锅碗低多了。

1996 年 5 月 10 日写于天津

（原载 1996 年 6 月 10 日《天津邮报》总第 245 期）

内　涵

　　广袤无垠的草原，有着无数的风光；苍茫辽阔的沙漠，有着无尽的韵味。

　　无论是高贵富有的日子，还是贫寒朴素的时光，都隐藏着无穷的乐趣，只要善于发现和挖掘，你都会过得非常快乐。

　　不要太在乎你是置身于草原或者沙漠，再美丽的形式，也经不起你长久的注视，而深邃的精神，则是永远探不完的财富。

　　当你完全融入草原或者沙漠以后，你会不禁衷心呼喊："啊，生命是如此美好！生活是多么动人！"

1996 年 5 月 27 日写于天津

（原载 1996 年 8 月 21 日《青年知识报》）

六月之冷

　　毕业了，几年间积下来的一大堆书舍不得扔掉，计划带回家去。火车托运吧，只能到省城，之后还要辗转乘坐汽车，搬来搬去极为不便，只好选择邮寄了。

　　在一位同学的帮助下，把几捆书弄到离学校较近的邮局。进得门来，见一柜台上方挂有写着"包裹"两字的牌子，便径直走过去，客气地对工作人员说，我想寄包裹。不知是因为我打扰了她的遐想，还是她早上刚刚与丈夫吵过架，这位三四十岁的阿姨抬起头，瞪了我一眼，手朝斜对面一指，很不耐烦地从嘴巴里吐出两个冷冰冰的字："那边！"

　　来到她所指的柜台前，也是一位女性工作人员，满头卷发，显然是人工制造的产物。她一副居高临下的语气："干吗？"我赶紧说是寄书。她扔给我一张单据，要我填写。我正埋头写字时，她突然厉声训斥："你把包裹放在这儿，别人怎么办理业务？"我和同伴赶忙把书挪开，放在地上。忽然又一声严厉的斥责自旁边的柜台轰过来："不能在这儿填单！"我惶然四顾，看见大厅里仅有一张小桌子，围满了人，只得赔着笑脸说："对不起，那边没地了，我就剩下几个字，马上就完。"说完，飞快地将单据填完。

过完秤，付过钱，"卷发"把几张邮票丢给我，向邮筒上的糨糊瓶一指，冷冷地说："到那边贴去！"我和同伴把邮票贴好，回到柜台旁。"卷发"贴了标签，把包裹随手往旁边的小车上一扔，眼都不瞟一下，然后递给我一张收据，同时生硬地说："给一块钱！"我斗胆试问："邮资不是已经付过了吗？这是什么钱？""手续费！"她狠狠地扎了我一眼，似乎是我冒犯了她的尊严。

走出邮局，天空骄阳似火，但我感觉心中冷冷的。

几天后，我就要离开这个城市了，想必今后永远不会再有机会跟这个邮局打交道了，只是天下邮局都一家，官商必然牛气，垄断必生怪胎，在其他城市的邮局，谁知道会不会遇到同样冷冷的脸色、冷冷的语言。

1996 年 6 月 30 日写于天津

草菅人命

　　大学毕业分配到某单位，人事局给我定的工资是每月 220 元。同样今年本科毕业分配到类似单位的老同学贺君说，他的月工资是 240 多元，我的肯定是被搞错了。我到人事局询问，当初为我办手续的那个人查了查文件，发现的确是弄错了。他淡淡地说："我给你更正吧。"其神情之安然真使我不得不怀疑这种事在于他是家常便饭。他的马马虎虎，使我本来就少得可怜、勉强可以维持粗茶淡饭的工资每月就少了将近 10%。

　　不久前看到报上的一则消息：湖北武昌实验中学 80 名应届考生怀疑自己的高考分数有误，便集体要求查阅考卷。一查，发现竟有 32 名考生成绩被少记、错记、漏记或试题漏改。高考评卷如此草率、差错率如此之高，真使我这"友邦人士"惊诧莫名、义愤填膺。作为曾参加过高考的过来人，我不禁感到后背发凉。

我和那些考生都是因为有疑而查问，因查问而挽回了损失。而那些没有查问的呢？也许有人会说，这不过是个别现象罢了，这是工作中的"失误"，在所难免。就算是稀罕事吧，可你是否知道，这给那些当事人造成了多大的伤害或者损失？我一个月少拿二三十元钱，不算什么，不过裤腰带勒紧一点而已，但那些高考成绩出错的考生呢，他们的大好前程很可能就因此断送了！上述武昌实验中学80名考生中，有个叫袁敬的，原通知分只有531分，连540分的录取线都达不到，经查卷发现，有一张数学卷被夹住了，漏记了66分！结果他的分数变成了597分，最终被全国重点大学华中理工大学录取。

有人说，这是草菅人命。我认为实不为过！

至于说这样的错误是"失误"，我想就算是吧，可真的在所难免吗？倘若有关人员心里把别人的利益当作一回事，对自己的工作有起码的尊重，那么这些没有一点技术含量的低级错误是完全可以避免的。

为什么这样的事情一再发生，以至让人习以为常呢？我想是因为"失误"的成本太低了，有些甚至是零代价。我的工资被搞错了，我蒙受了几个月的损失，还要花费时间和精力去查询和要求更正，虽然达到了目的，但我连一句道歉的客套话都没有得到，更不用说工作人员会受到什么处分了。错而不责，何以增强其责任心，避免重犯？失而不罚，何以警戒后来之人，不蹈覆辙？

现在的行政机关和事业单位之所以效率低下、错误百出，就是因为没有解决好奖优罚劣的问题。尽管每个单位挂在墙上的规章制度都非常完美，令人肃然起敬，但多是纸老虎，无人理睬，兀自蒙尘。因为仅靠单位内部的管理和监督，显然是无力乃至无效的，几十年来的实践已足以佐证。这就需要我们从根源上去思考，从体制机制建设上去努力。国企改革或许可以给我们以启发：企业还是这个企业，人还是这些人，但体制改了机制变了，结果面貌大为改观，业绩显著提高了。

1996 年 10 月 9 日写于河源

（原载 1996 年 12 月 27 日《南粤法制报》）

执好 "尺子"

　　前不久，从报上看到一则关于广东省云浮市云安县一镇党委书记陈某强奸少女的消息，不禁惊诧和愤慨，更令人气愤的是，陈某只被判处有期徒刑 3 年，缓刑 4 年，尽管县法院认为"其行为已构成强奸妇女罪，而且情节特别严重"。近日读报得知，在各方的压力下，云安县法院开庭再审，改判陈某有期徒刑 10 年，剥夺政治权利 3 年，并赔偿原告江某 1200 元。

　　同一个案子，一审判处有期徒刑 3 年，缓刑 4 年，再审判处有期徒刑 10 年、剥夺政治权利 3 年，前后判决可谓天壤之别。审判如此儿戏，不知是法律的耻辱，还是社会的悲哀！前面的判决，绝对不可能是"失误"，而是实实在在的错误，而且荒谬之极。在新社会竟然还有人把法律当作面团来捏，实在令人震惊！

假如受害人江某不向云浮市有关方面投诉，没有人大和妇联以及新闻界的有力监督，没有社会的广泛关注，那么陈某这个流氓就可以逍遥法外，罪犯得不到应有的惩处，正义得不到伸张，受害人只能终日以泪洗面，这会使多少善良人士心寒！会让多少民众对法律和公平正义失望！

　　这样的事情并非仅此一例，我在报章上就曾多次看到过类似的报道。有背景有关系的人违法犯罪只给个轻描淡写的处罚，甚至什么事儿也没有，这是对法律公正性的恣意践踏，是对神圣法律的严重亵渎！

　　法律面前人人平等。我国的宪法和法律没有规定有特殊的公民，中国共产党也绝不允许有可以凌驾于法纪之上的党员。朱德的功劳够大了吧，地位够特殊了吧，但他的孙子朱国华因触犯法律，在1983年"严打"期间照样被处以极刑。对此，康克清的态度十分明确，她说："王子犯法，与庶民同罪！"这是多么强烈的法制意识！这是何等崇高的法律情怀！

　　法律是一把尺子，只有坚持实事求是、公正不阿、不偏不倚，才能量出准确的结果来。法官是执尺子的人，面对同一个案子，会"量"出什么样的结果，关键在于法官。可偏偏就有法官心存杂念，在庄严的国徽下，竟敢昧着良心读错数。法律是惩恶扬善、维护社会公平正义的最后一道屏障，倘若连法院和法官都靠不住了，那么社会也就不可救药了。没有什么比徇私枉法更可耻的了，没有什么比司法腐败更可怕的了！

　　对于贪赃枉法者，即使在封建社会也不能被容忍。唐朝

《唐律疏议》明确规定，官吏收受当事人的贿赂而枉法裁判的，收受贿赂一尺（唐代计算赃物时先把它折算成绢数）杖责100下，一匹杖责加倍，15匹可判处死刑。推行严刑峻法的明朝，更是严惩贪赃枉法者。《大明律》规定，贪赃枉法满80贯即处绞刑；贪赃纵然不枉法，如满120贯则杖责100下，流放3000里。虽然严刑峻法不能完全杜绝贪赃枉法行为，但如果着实如此重典治吏，假如你是法官，你敢不敬畏自己手中的"尺子"，敢故意读错数吗？

1997年9月25日写于河源

（原载1997年10月24日《南粤法制报》）

忠实的使者

——咏信封

无论是富丽豪华，还是朴素简陋，都肩负着相同的使命：保护书信到达目的地。

你是忠实的使者，无论千山万水，无论风霜雪雨，你都不讲价钱，恪尽职守，任劳任怨，尽心尽力地把信瓤儿送到它要去的地方。从冰雪皑皑的北国，到烟波浩渺的南沙；从高楼林立的东部，到地广人稀的西域；从山高路险的村寨，到风高浪急的小岛，你都执着坚定，一往无前，义无反顾，不达目的决不罢休。

尽管被征途的风尘弄得面目全非，尽管被沿途的荆棘扎得体无完肤，但你都毫不在乎、毫无怨言。只要尚存一丝保护信瓤儿的能力，你就竭尽全力把信瓤儿送到终点。

在完成使命之后，疲惫不堪的你终于露出了满足欣慰的笑容。信瓤儿被取出来后，你或被信手一丢，葬身垃圾桶；或是作为艺术品，被人如标本般小心地与那珍贵的情感一起收藏，但对于你来说，这一切都已经无所谓了。

1999 年 1 月 23 日写于河源

（原载 1999 年 2 月 28 日《天津邮报》总第 343 期）

城市的鱼儿

　　城市像一条河流，我是其中的一条鱼儿，每天在湍急的水中游弋穿梭。城市很繁华，街景很靓丽，让人常有高歌一曲的冲动，但其实这河里杀机如影随形，凶险无处不在，稍有不慎，或运气不佳，鱼儿就有可能伤筋动骨、皮开肉绽，乃至一命呜呼、万劫不复。

　　一次，我驾着摩托车走在街上。一辆小汽车似乎是鬼魂附体，逆行着飞快地朝我直扑过来。将摩托车开到最边上的我，已无处可躲，我就这么眼睁睁地看着这辆疯狗般的车离我越来越近、越来越近……我的脑海中已出现了自己被车撞飞的场面——"砰"的一声，我飞出几米开外，重重地摔在水泥地板上，血肉模糊，不省人事……人最悲哀的，莫过于看着刀子落下来而自己连躲闪的机会都没有。还有那么一两米的时候，这辆车好像刚醒过来似的，方向突转，带着一股凌厉的风，从我的身旁疾驰而过。半晌，我才回过神来，两腿发软，心脏"咚咚咚"的猛跳着，似乎要把我的胸膛给炸开来。

还有一次类似的惊魂经历。一天晚饭后，我走路去会几位朋友。横过一条城市主干道时，车流如织，我小心翼翼地避让了许许多多的车，才从斑马线走到路的中间。我站在一段中央绿化带的尽头处，等待着可以穿过街道的机会。这里就像是避风港，是比较安全的地方。好不容易，才等到了一个空当，当我只迈出半步的时候，一辆小轿车风驰电掣般冲过来，眨眼工夫，已到了我的跟前，我赶紧缩回那只迈出去还没有落地的脚，这辆车几乎擦着我的鼻子飞过，绝尘而去，吓得我的三魂七魄都飞到了九霄云外。我想，这个家伙可能当过飞行员，汽车也要开出飞机的速度来；或者是个"文盲"，不知道"死"字怎么个写法。

俗话说，夜路走多了总会遇到鬼。有一回，我终于不幸成了一宗车祸的受害者。那天午后，我骑着摩托车送小孩上学。在将到学校的一个路口时，伴随着几声闷响，我突然连人带车重重地栽倒在地上。当时，我根本不知道发生了什么，不明白为什么好端端地行驶着突然就摔倒了，就像做了一个梦似的。抬起头，看到旁边停着一辆小汽车，右边的车门开着，我才知道是这辆车把我撞倒了。尽管浑身疼痛，难以动弹，但我还是挣扎着爬起来，赶紧去抱也摔倒在地上的孩子。才几岁的小毛孩，哪里经历过这样的劫难？他惊魂未定，哇哇大哭，让人十分心痛。好在伤势不重，只是脚多处擦伤，渗出了鲜血。

一位年轻的女子站在旁边，手足无措。她就是肇事者，也是送孩子上学的家长。在前面是绿灯的情况下，她竟然不顾后面的来车，突然停车。此时此刻她女儿猛然打开车门，碰到了正好从旁边经过的我的摩托车。这可是车水马龙的大街，不是你家的跑马场，哪能这样开车的？我顿时火冒三丈，正要发作，但见这女子一脸惊惶，认错态度诚恳，我便把怒火压了回去。这一摔让我和儿子受尽了皮肉之苦、筋骨之痛，两个月后我的胳膊还不能完全活动，儿子好长时间走路都是一腐一拐的，幸亏我俩当时都戴了头盔，否则我不知道自己还能不能有机会写这篇文章。

随着汽车的普及，驾车由技术职业转为全民行为，城市在生产无数废气的同时，也在制造着大量的"马路杀手"。尽管你万分谨慎，但你不撞他他撞你，防不胜防，躺着也会中枪。这一刻你平安无事，但你不敢保证下一刻不会大祸临头。一个小时之前，这个人还在与你喝茶聊天；一个小时以后，他可能就命丧车轮之下了。一位朋友本来约好与你共进晚餐的，不料你们会面时他已躺在殡仪馆里了。

车祸，已成了如今城市生活的内容之一，大家都已习以为常了。许多人经过车祸现场，顶多就是瞥一眼，或者稍稍驻足观望，然后就会匆匆离去。而在我小时候，汽车少得可怜，车祸可是大新闻，我记得一次我们一群孩子曾跑到七八里远的车祸现场去看热闹。只见一位少年的头部被压在大货车的轮子底下，血肉模糊，场面极其血腥恐怖。三十多年之后的今日，那个场景仍历历在目。

城市化进程势不可挡，城市的河流变得越来越拥挤，在这条河流里游弋自然也就更加凶险和不易，但毕竟头上有灿烂的阳光，世间有许多注视自己的充满温情的眼睛，所以你不绝望和泄气，在水草和岩石间闪转腾挪，深潜浅游，释放着热情，追逐着梦想，收获着幸福。

2013 年 8 月 13 日写于河源

（原载 2013 年 9 月 22 日《河源日报》）

沉重的书包

  送儿子上学，看着他背着硕大的书包，不禁让人感慨如今小孩童年之沉重。我想，在"素质教育"的旗帜高高飘扬的当下，小学生的书包尚且如此之重，倘若连这句口号都没有的情况下，他们的脊梁是不是要更加弯向大地？

  好像是近二十年以前，就推行所谓"素质教育"。究竟什么是素质教育，怎样实行素质教育，却是众说纷纭，莫衷一是。但有一点是形成共识的，那就是教育要重素质培养，轻应试排位，不要唯分数是瞻，体现在"量"上，就是要"减负"。让人大跌眼镜的是，这么多年过去了，不但"负"没有减下来，小孩子身上的包袱反而愈加沉重。

  不久前，一位邻居向我抱怨，说其女儿前一天晚上作业太多，到十一点多才做完。这孩子才上小学三年级，一天竟要用好几个小时来应付作业，连宝贵的睡眠时间都被占用了，我不知道她还能有多少精力去培养"素质"。我的小孩上的是五年级，学校要求晚上一般不能超过九点半上床，但事实上基本做不到。语文、数学、英语三门功课，除了课本上的练习题，还有统一订购的练习册、报刊练习题，还要朗读或背诵课文、预习课文，让那一双小手和一个小小的脑袋难于招架，疲于应付。

记得我上小学的时候，书包只是一个小布袋，里面装的是语文、数学、音乐、自然几本教材和两三本练习簿，斜挎在肩上，步态轻盈。下午放学后，我们都不急于回家，也不急于做作业，而是到处追逐打闹，疯狂的时候，甚至追捉小鸟。小鸟飞到田里，我们追到田里，小鸟逃到山上，我们赶到山上，有一次愣是将一只飞鸟捉到手。田野山冈、房前屋后、大河小溪、树林草地，到处都留下了我们的足迹和大呼小叫。回到家里，还要帮做家务，挑水、烧火或者做饭。烧火的间隙和饭前饭后的时间，就用来学习自己的功课。

作业很轻松，不管是语文还是数学，都不过是两三页纸而已，剩下的时间就是读书。每一本语文书我都读得滚瓜烂熟，有的课文直到三十年后的今日我仍印象深刻。我的语文成绩自小学起就很好，经常有人问我是怎么学习的，我说主要就一个字："读"。"书读百遍，其义自见"，此乃真理也。可惜，现在的老师给学生布置的作业太多，而且强调"做"，习题一套一套的，难以保证足够的读书时间，实在是舍本逐末之举。

古代的小毛孩不少能出口成章、题诗作对，骆宾王更是七岁时就写出了千古名篇《咏鹅》，如今的小学生有几人能写出一篇像样的文章来？这大概与古代的教育方式偏重诵读有关。

基于个人的体验，我认为诵读是学习语文的重要手段，其有助于理解课文，促进记忆，增强语感。我衷心感谢那时的教材编写者，是他们精选的那些朗朗上口、昂扬向上的文章，培养了我对诵读的兴趣，从而激发了我学习语文的热情，让我终身受益。因为辅导孩子学习的缘故，我留意到现行教材不少课文不但篇幅过长，而且可"读"性差，难以激起学生诵读的欲望。据说现在的小学语文教材除了人教版外，还有北师大版、苏教版、湘教版、鄂教版，等等，我实在无法理解在同一个国度之内，小学教材干吗要搞这么多的版本，有这么多的精力和资源，为什么就不能整出一套更优秀的通用教材来。

儿子书包里有一本叫《科学》的教材，我随手翻了翻，觉得内容非常有意思，譬如面包放久了为什么会发霉、沙尘暴是怎样形成的、光是如何传播的、岩石会不会改变模样，等等。不料儿子说，这门课老师从来没有教过。我实在纳闷，这样一门可以增长知识、开阔眼界、激发探求兴趣的课程，不正是素质教育的好内容吗？怎么就不教呢？我至今清楚地记得三十多年前，老师在"自然"课上教我们用笔管摩擦头发然后吸起碎纸片以证明静电的实验。正是当时的这门课，使我一直对自然科学保持浓厚的兴趣和探究的习惯。

老师不教"科学"这门"杂科"，大概是因为没有时间和精力吧。检查儿子作业时，我发现有相当部分作业老师没有批改，有的还改错了，这似乎是老师忙的旁证。这些年来，城市教育发展明显滞后于城市化进程，以致中小学校人满为患，有的一个班竟然超过70人，课桌摆到几乎与讲台并列了。面对山一般高的作业本，老师无法精批细改，显然在情理之中。倘若家长不加以检查和辅导，则有的作业对与错学生根本无从评判，可以说做了也是白做。

不过，由于取消了排名，少了横向比较，许多小学生对学业好坏也不怎么在乎。不搞排名的初衷，是反对"唯分数主义"，减轻学生的压力，促进学生的全面发展，但取消排名，无疑是放弃了鼓舞先进、鞭策后进、激励学生奋勇争先的有效手段。如果说传统的排名方法或标准有失科学，那么我们为什么不可以设计出能够衡量学生全面发展水平的排名准则来呢？如果说排名怕影响学生心理健康，那么试问适度的加压对学生的成长是利大还是弊大呢？以前的几代人都是这样过来的，有多少人的心理被扭曲了？如今的社会比过去竞争更为激烈，个体生存和发展的压力更大，从小就适度培养学生的竞争意识和能力，未必是坏事。

其实，"不以分数论成败"只不过是研究者、评论者的一厢情愿而已。教育体制落后、资源分配不均、优质学位缺乏，要想争取上较好的中学或者"重点班"，学生就必须考出高分来，在许多地方小升初考试的白热化程度并不亚于高考。特别是在文凭意识根深蒂固、大学录取以考分为准的背景下，谁不希望自己的子女从小就成绩优异，逢考必拿高分？事实上，我们无须过于忌讳分数，分数毕竟是检验学生掌握知识及运用能力的重要标准。尽管现实中不乏高分低能者，但低分高能者毕竟不占多数。

孩子是一个民族、一个国家的希望和未来，愿他们都能够在科学的教育方式下茁壮成长，日后成为高素质的建设者和创造者，使我们的民族更加强健，使我们的国家更加兴盛。

2014 年 1 月 6 日写于河源

（原载 2014 年 2 月 15 日《河源日报》）

受 骗

　　午休醒来，看见儿子正津津有味地看电视，我瞥了一眼，原来是电话猜谜节目，谜面是"一字有四笔，没横也没竖，妈妈猜不着，爸爸笑嘻嘻。"屏幕上给出了十几个汉字，谜底就在这十几个字里面。这个谜语简单得不得了，而且还有提示，连上小学的儿子也一眼就猜出来了，但几个打进电话的成年人竟然都没有猜中，而且错得离谱，急得我差点把桌子拍坏："唉，这么笨，居然敢打电话去答题！"后来我才发现，原来笨的是我自己。

　　节目主持人用夸张的煽动性语言在反复叫嚷："奖金3000 元，加上价值2000 元的智能手机，总共5000 元！刚才打进电话的朋友都没有猜对，机会难得，请观众朋友们赶紧拨打屏幕下方的电话答题！大奖正等着你呢，赶快行动哦……"

一直以来，我对这种"吸"电话费的游戏都是不屑一顾的，看一眼马上就走开或者换台，今天下午不知怎么的好奇心竟然莫名地膨胀起来，怀着一探究竟的目的，我鬼使神差地掏出手机，拨通了屏幕下方显示的电话。电话通了，是悦耳的女音——显然是录音。她先表明这个电话每分钟收费2元钱——还算"厚道"，骗也要明码标价，宰得让你明明白白。接着她说了一通游戏规则，然后是反反复复的废话。听她说了约5分钟，还没有等到答题的机会，我赶紧挂断了。我为我的好奇心至少支付了10元钱。

放下电话，我才恍然大悟，其实那几个答错题的人很明显是"托"，他们一点都不笨，笨的是以为他们笨的人，譬如我！他们故意答错题，既是为了引人上钩，更是为了拖延时间。时间就是金钱啊！每拖一分钟，主办方就可以进一斗金。以每人10元计，打进电话的如果有1万人，主办方就有10万元进账！真可谓一本万利，比卖毒品来钱快多了。

这次受骗，是因为好奇，花10块钱满足了一下自己的好奇心，权当充了一次"土豪"，排出十文大钱买了几个小石子，用来打几串水漂玩玩而已，骂一声，笑一笑就过去了。而有时受骗，却无奈得让你连骂一声的冲动也没有。

父亲住院的时候，不时会有人偷偷摸摸地到病房里发一些治疗癌症的药品广告。这些广告自然都是吹得天花乱坠，既有奇妙的药理分析和权威的专家认可，又有起死回生的神奇疗效之例证，言之凿凿，有理有据，不由得让人心动。不过，对这些小册子我一向嗤之以鼻。倘若有这么神奇的药品，国家正规医院早就推而广之了，还用如此雇人打游击似的一个病房一个病房地发小广告？然而，在医术已山穷水尽、医生束手无策的时候，看着病床上奄奄一息的父亲，抱着试一试的心态，我还是心甘情愿地上了一回药贩子的当。

按照一份广告的指引，我来到了医院附近的药店。店方说，一盒是一个月的用量，价钱是3900元。经过拉锯式的讨价还价，我花了3300元，提着这盒成本也许只有30元钱的药回到病房里。打开一个药瓶子，一股浓烈的酸味直往鼻孔里钻，用汤匙喂父亲喝药时，他一直皱着眉头。我抱着买彩票中500万大奖的心态，祈望奇迹的出现，但这种"神奇"的药液显然没有伤着癌细胞的一根毫毛，一盒药还没有喝完，父亲就永远地闭上了嘴巴和眼睛。

花几千块钱，积极主动地上了一回当，是试图让父亲能多活些时日，让自己多一些尽孝的机会，然而凭空让父亲喝了这些味道并不怎么样的"饮料"，多遭受了一些折磨和痛苦，实乃不孝也。

2014年9月7日写于河源

（原载2014年9月23日《河源日报》）

闹市中的一段路

　　每次经过这段路，我的脑海中就会浮现出一起凶杀案，如果是在晚上，就会不由自主地加快脚步。

　　这是市中心一条主干道的辅道，一边有一排不高大的行道树与主干道相隔，一边是三四十米宽的绿化带。绿化带的另一边是一块约一万平方米的待建空地，野草长势还可以。这块空地就在我居所所在小区的前面，一步之遥，站在第一排楼房的任何一个阳台，都可以将这段路及整个空地一览无余。然而，就是在这样的一个地方，两三年前的一个夜里竟然发生了一起凶杀案——一个青年为了搞点钱而将一个靠搭客为生的"摩的"司机杀死了。

　　次日清晨，我起床后透过窗户看到许多警察聚集在待建空地上的草丛里搜索。因要赶着去上班，我没有看到下文。

后来才听说，警察在草丛里找到了"摩的"司机的尸体，旁边的辅道就是昨夜凶手作案的现场。获悉这起发生在我们眼皮底下的杀人案，我不禁毛骨悚然，突然感到周遭似乎处处都隐藏着杀机，不知什么时候就会寒光闪过，鲜血飞溅。

凶手作案时间是凌晨一时许。虽说此时夜已深，但这一带依然灯火通明，这条贯通城市南北的主干道依旧车来车往，然而一个青年男子竟敢把一个中年男子杀死了，然后又拖着尸体越过绿化带，扔到待建空地的草丛里。杀人就像宰鸡，这个青年的胆子为何这般大！

"摩的"司机是靠摩托车搭客为生的人，搭客一趟不过三元五元，他们身上能有多少财富可以掠夺？这是稍有社会常识的人都知道的。为了百十元钱，愣是要了别人的一条命，这人性为何这般凶残？

凶手是在一个县城的网吧里被警察抓获的。当时，他正在用"摩的"司机的血汗钱昏天黑地地玩着游戏，当警察出现在他面前的时候，他清楚不管是网络游戏还是人生游戏都已经玩到头了。

我很想了解凶手的心路历程，当然不可能有这样的机会了。我实在弄不明白，为了区区几张钞票，一个人竟然会以自己性命为代价去剥夺别人的性命。或许，只有网络知道，打打杀杀、草菅人命的虚拟世界是如何把一个涉世未深的青年培养成漠视生命的冷血杀手的。现实世界里的不法之事有人去理，但虚拟世界里的是非正邪似乎只能靠自己去辨别了。

一个青年的辨别。力，显然是很有限的，而他的自制力，更像一座单薄的堤坝，实难遏制虚拟世界泛滥的洪水。我以为，一个对网络过于宽容的社会，是极端不负责任的社会。

两条人命就这样没有了，案子也了结了，但刻在两个家庭心头上的伤口，恐怕永远都无法愈合。我突然想起杜甫的一句诗："信知生男恶，反是生女好"。都想生个男孩来传宗接代，谁知会生个杀手，结果祸害了全家，有儿子又怎么样呢？当然，这句诗的本意是倾诉人民对战争的无奈和痛恨，与此事并不相关。

杀人案就像是投入湖水中的一粒小石子，微微荡了几圈涟漪，水面瞬间就归于平静，似乎什么都不曾发生过，人们的生活没有受到丝毫影响，该走这段路的还是走这段路，绿化带的草地上还是有一对对情侣在呢喃，偶尔有流浪汉躺在石凳上或草地上做着美梦……

至今，我所在的这个住着两三百户人家的小区，有的人仍然不知道自家门前发生过这起凶杀案。人们热衷于中外影视歌星的绯闻，而不会去关心发生在身边的凶杀案，因为窥视别人的隐私可以让自己获得心理的满足，而别人的安危生死与自己则毫无瓜葛。多年以前，民风淳朴，杀人的案子可是特大新闻，连交通事故死人都会惊动三村五庄。小时候我就曾与一帮小伙伴一起步行去几公里以外的邻村看车祸现场。那个卡车的大轮底下压着一位血肉模糊的少年的血腥场景仍历历在目，这位同龄人的悲惨命运让我神伤许久。

闹市中谋财害命，想想实在是一个城市乃至整个社会的悲哀。我们习惯了"事不关己，高高挂起"，习惯了"只扫自家门前雪，不管别人瓦上霜"，习惯了"多一事不如少一事"，所以只顾走自己的路，目不斜视，漠然于别人的存在和作为；所以遇事绕开走，视而不见，生怕沾上半点麻烦的星火；所以回避别人的呼救，装聋作哑，甘愿沦为一出事件的旁观者。当然，当我们自己需要别人的帮助或救助时，同样会发现竟然陷入无人伸出援手的困境，就像一只自私自利的狐狸，有一天掉进陷阱里，它得到的不是援助，只有围观。

其实，我们何止于漠视路人的存在！

如果有人去做一个调查："你知道住在你家对门的其中一人的名字吗？你知道他们家有几口人吗？"相信能够答上来的寥寥无几。

就在不久前，我的一位老同学在外面吃完饭回家，他家住五楼，但他一时分心，走到四楼时就掏出钥匙开门，捅了一阵，门突然自己开了，迎来的是怒目相向，他一愣，立马醒悟过来，赶紧道歉解释，那人半信半疑，"砰"的一声把门关了，老同学像贼似的落荒而逃。

大家比邻而居，但你管你的生活，我过我的日子，我不求你，你不理我，井水不犯河水，老死无须往来。虽说低头不见抬头见，但能在电梯口点点头，就算是很不错的了。鸽笼一般的楼房，门一关，就自成一统，看不完的电视，玩不尽的电脑，打不完的麻将，谁会吃饱了撑的敲开邻居的门，进去坐一坐，聊聊天？曾不止一次从报章或网络上看到这样的新闻：邻居闻到异样的臭味，遂报警，结果警方发现某单元有人死去多日而无人知晓，尸体已经腐烂。这样的新闻深深地刺痛了我的神经。

都说远亲不如近邻，但当我们换水龙头急需一点防水胶带时，我们宁可走几条街去买，也不会向邻家开口借；当我们百无聊赖的时候，我们宁可泡在网上与陌生人云里雾里消磨时间，也不愿主动找邻居喝杯茶。

在时代的大潮中，每个人都是被裹挟者。谁都不希望看到人情冷漠的现实，但大家又都是这一现实有意无意的制造者。这是社会共同的问题，显然需要我们每一个人正视和反思，需要大家同心协力去解决。

千万不要说你渺小，你的一张笑脸，可能会感染一电梯的人；千万不要说你无力，你的一双援手，扶起的不仅仅是一位跌倒的老人，还有一个温暖的春天；千万不要说你纤弱，你的一声断喝，或许就能吓退正在作恶的歹徒，救人于危难之中。

希望不管走在哪条路上，都能淡定从容。

2014 年 10 月 4 日写于河源

（原载 2015 年 2 月 4 日《河源日报》）

目中无人

一朋友来访，落座，翘起二郎腿。我的茶尚未端到跟前，他就动作潇洒地掏出香烟和打火机，"嗒"地一声点着火，猛地吸了一口，然后舒缓地吐出一串长长的烟雾，惬意地享受着尼古丁带来的快感。不一会儿，刺鼻的烟雾便弥漫了狭窄的屋子，引得我一阵抑制不住的咳嗽。

吸烟危害健康，连烟盒上都印着这样的警告语。然而，像千千万万不抽烟的其他人那样，我很多时候都在被动地吸烟。"二手烟"肆无忌惮地涌入鼻孔，直奔肺部，恨不得将肺叶弄成熏肉。

在我面前吸烟的，纵然是在相对封闭的空调房里，也极少有征求我意见的，只要烟瘾一来，他们就像在自己家里一般，掏出香烟就点火。即使我皱着眉头打开了落地扇或者窗口的排气扇，他们也不会说声冠冕堂皇的客套话，更不会把烟掐灭，连装模作样都没有。

因为工作的缘故，得经常参加会议。总有一些与会者旁若无人地抽烟，弄得整个会场烟雾缭绕，咳嗽声不断，让人如坐针毡。好不容易捱到会议结束走出会场时，浑身上下皆是烟臭味。衣衫如此，人何以堪！我不由得同情起那些在香火鼎盛的寺庙里整日端坐的神仙们来。换作我，这神仙不当也罢。

仔细想想，也不能完全怪这些烟民，因为他们从小就是在这样的环境中长大的，长辈就是这样"以身作则"的。当一种观念根深蒂固，当一种行为成为习惯，一切就是顺理成章的了。

我的舅父，一个年轻时去了香港定居的人，一个只有小学文化的老头，烟瘾很重，但即使是回到大陆，他也绝对不在公共场所抽烟，在别人家里抽烟时，只要有不抽烟的人在场，他必定走到阳台去，他说不能妨害别人。

不能妨害别人，这种意识和习惯让我肃然起敬。如果你眼里有别人，那么就会自然而然设身处地地为别人着想，就不会以别人的难受反感和健康损害为代价来满足自己的陋习。

目中无人，自然令人沮丧；但目中有法，社会还可救药。

公共场所不得吸烟，这是常识，但在我们的国度，这样的规定只不过是一纸空文。有一个很有趣的现象：同是这个中国人，在国外即使烟瘾再重，也不敢在非吸烟区点烟，但一回到国内，则率性而为，随时随地吞云吐雾。你说他素质低吗，可分明是同一个人啊。

对于恶习，法治的确是重要的手段。以成为世界上第一个无烟国为目标的新加坡，明令禁止在公共场所吸烟，违者处以最高达 2000 新加坡元的罚款，阻挠禁烟令执行则可被监禁 6 个月或处以鞭刑。目前，新加坡已成为吸烟率最低的国家。世界上相当部分的国家，对控烟都比我国严厉得多。我们的邻国朝鲜，也明确规定吸烟的中学生不能上大学。

很奇怪，类似的办法，在国内就会"水土不服"。我认为，归根结底是决心问题。报载，为落实禁烟令，法国有 17 万名以上的"禁烟警察"在公共场所巡逻，对违者处以 68 欧元罚款。你不要小看这个 17 万，法国总人口不过才 6600 万！

我们习惯于出台形而上学的文件，习惯于描绘美好的蓝图，习惯于轰轰烈烈的突击行动，缺乏持之以恒的抓、尽心尽力的管和不折不扣的罚，所以终是虎头蛇尾，不了了之。

2014 年 10 月 6 日写于河源

（原载 2015 年 2 月 13 日《河源日报》）

但愿儒商涌流

　　不惜坐车近十个小时，一路狂奔至广西北海，纯粹是冲着美丽的十里银滩去的。细如粉状的沙子，洁白无瑕、一尘不染，铺在宽阔的十里长滩上，蔚为壮观。沙子抓在手里柔软细腻，踩在脚下酥酥痒痒，一种直入心脾的舒服感。在明净的阳光下，坐在白沙滩之上，凝视着浩瀚的大海，顿觉心胸博大，心境爽朗，思想高远……

　　在回酒店的路上，我还满脑子海浪和沙滩，但导游的"温馨提示"，立即中断了我飘逸的思绪。导游提醒，银滩一带的酒楼餐馆宰客成风，大家可要多长个心眼了。她说，曾有几位游客到一家餐馆吃饭，在点菜时，游客随手指了指水箱里养着的一条鱼，还未说话，服务员就迅速捞起这条鱼，用力摔到地上，拿起过秤，4斤半。游客一下子傻了眼，待回过神来，已制止不及。游客说："我没说要这条鱼啊！"服务员说："刚才是你自己指着要这条鱼的！"游客争辩道："我还没有决定要啊！只是想问问价钱！"强龙不压地头蛇，最后，游客不得不为这条鱼掏了几百块钱。

我从无吃夜宵的习惯，但经不起几位同伴的拉扯，还是决定陪他们出去喝杯小酒。我说，人生地不熟，小心挨宰。他们说，多长个心眼就是了。大家商议，就到导游带我们吃午饭的那家餐馆去吧，菜还过得去，收费也挺合理的。于是来到这家餐馆坐下，服务员虽然没有眼露凶光，但我们也有一种深入虎穴的感觉，生怕老虎什么时候会突然张开血盆大口。点菜时，一位同伴看到水箱里有我们中午吃过的一种海螺，味道还可以，他想当时一桌菜才三四百元，这一份海螺肯定要不了多少钱吧，便指向海螺，"这"字刚出口，只见服务员飞快地抄起网捞，捞了几只海螺，"啪"的一声摔到地板上。同伴被这突如其来的动作吓了一跳，待反应过来后，赶紧问："这海螺多少钱一斤？"服务员说，这是一个例牌的量，320元。没想到，导游刚说过的故事，就在我们身上重演了。被这样一弄，我们全没有了心情，便草草点了几个小菜，并将价钱问得一清二楚之后才确认，而且付了钱开了票才敢动筷子。尽管如此，心里还是很不踏实，生怕店家又会耍出什么花招来。这哪里是吃饭，分明是吃罪！

宰客者的"智慧"和被宰者的无奈，早在二十多年前我求学于异地时就领教、感受过了。入学不久，我与同学上街买烧鸡。一家烧腊店橱窗醒目处贴着大大的价格标签："烧鸡3.8元/斤"。我们选了一只烧鸡。过称，三斤四。店主说，19元。我一算，不对呀，应该是13元左右。她指着橱窗角落一个小得不能再小的标签说，这是价格！我贴近一看，上面写着"烧鸡5.6元/斤"。我质问她，大标签是怎么回事。她说那是以前的价格，忘记撕了，一边说一边把大标签揭下来。我说你这明摆着是蒙人，我不要了。她急了，走出来拉住我的袖子，反说是我要她。一看这阵势，同学说，算了，买吧。没想到，刚入读商学院，街上的奸商就给我上了一堂印象深刻的"市场营销"课。

一个假日，与同学上街溜达，看到街边有卖干红枣的。两箩筐枣子，红彤彤的，一股香甜的味儿扑鼻而来，搅动着我们的口水。一个长条形的小牌插在红枣堆里，上书"2.5元"。这么便宜！我们说称1斤，不，称2斤。摊主麻利地称好，用纸包好递给我们，说10块钱。我们说不对呀，分明是2.5元一斤，怎么要10元呢。摊主抽出牌子，原来还有两个字"半斤"隐在红枣堆里。高！实在是高！我们这些踌躇满志以当一名儒商为理想的商学院学生，竟然败在一个地摊小贩的手里。我们自我调侃：看来儒商不是奸商的对手。

一次春节后返校，所乘坐的火车像当时大多数火车那样照例严重晚点，出得站来已是凌晨四五点钟。一个"面的"（小型出租面包车）司机和他的助手迎上来，热情地招呼我们几人坐他们的车。听说是去商学院的，他们说10元包到校。在这个城市生活的人都知道，"面的"计程 1 公里 1 元，起步价 10 元，也可以双方商定。从火车站到我们学校也就 10 公里左右，所以我们觉得价格合理，就上了他们的车。到达目的地后，一位同伴递过去一张 10 元的票子，他们说每人 10 元，一共要 40 元。我们与之论理，他们说上车时就说好的，10 元包到，是指每个人 10 元钱。一帮善于咬文嚼字的大学生，竟然落入了两个粗人的语言陷阱里。经过几十个小时长途跋涉的我们，已疲惫不堪，巴不得尽快回到宿舍一头扎到床上，哪还有精力跟他们去磨，最后只好扔给他们 40 块钱。

我们都"怪"老师，只讲解优秀的商业文化和企业管理知识，而没有传授对付奸商的方法和手段，使我们这些身怀当大儒商之抱负的学子败给了蝇营狗苟之辈。

其实，这些一刀下去宰人百十元者，不过是鸡鸣狗盗之徒而已，与那些不择手段而日进斗金的大奸相比，简直连小巫都算不上。比如，有的人在开发房地产时暗中提高容积率，本来赚七个亿的结果赚了八个亿；有的人与官员勾结操纵招投标，一个工程非法获利动辄以千万计；有的人大量制造伪劣产品，以损害消费者的利益乃至健康生命的方式撑破自己的腰包；有的人投资于违章建筑，在政府征地时牟取高额利润；有的人将工厂开到江边，只顾埋头数钱，不管已经变成墨汁的河流……

唯利是图、法制孱弱的社会，是诚信稀缺、人人自危的丛林，包括奸商本人在内的任何人，都免不了成为奸商爪子下的猎物，都免不了成为奸商敛财的牺牲品。在这样的生态中，人们和社会已经付出了高昂的代价。好在，我们看到时代的巨手，正竭力地扭转乱象，这样的状态正逐渐地改变。我想，我们应该有足够的信心和耐心，看着杂乱无章的事物被推上正轨，有序地运行。

身为公职人员，我的儒商梦自然是不能实现了，只希望在"让一切创造社会财富的源泉充分涌流"的时代，能涌现出越来越多的儒商，把"奸商"一词丢进历史的角落里。

2014 年 10 月 30 日写于河源

（原载 2015 年 3 月 9 日《河源日报》）

附　录

吉士之文

□雁　峰

　　二十年前仲夏的一个午后，我在办公室伏案审读即将付梓的报纸大样，忽然一串有节奏的敲门声响起，抬头一看，只见一位戴着眼镜、面容略显清瘦的小青年站在门口，作欲进未进状。甫一坐定，他说他刚从天津某大学毕业正在联系单位找工作，接着递上求职资料及一叠不算太厚的发表作品剪贴本。我一边浏览他的作品，一边把报社的状况向他"和盘托出"，言下之意就是提示另觅高枝。后来他去了哪里我不得而知，但我记住了他的名字：黄吉文。差不多时隔五年吧，有天参加朋友饭局，一进门，他认出了我，我也认出了他。人的一生，见什么人，关系什么时候疏，什么时候密，都有着定数。这一次与吉文君重见后，来往就多了起来，我们不仅是文友，也成了生活中的朋友。

　　我的朋友大抵分两种，一种是文学朋友，一种是生活朋友，其实都是以文而结交的。文学朋友一旦熟了见面就不再谈文说艺，而是吃喝玩牌。这多少年里，吉文君是特殊的，无论他在区党政机关，还是调到市里，迟早见面，依然还是谈文学；在报刊上读到彼此的文章，都要用电话或短信互相表示祝贺。我们始于以文成友，成于以友论文，未沉沦为权力和酒肉之朋，这得益于心向往之却不多走动，没有太随便，想来真是一种缘分和幸运。

　　他的文学作品大多我已读过，有诗，有散文，题材非常广泛，但我最喜欢的还是他写家乡人和事的篇什。他出生于乡下，农村的生活令他刻骨铭心，所以文章中真情充溢，元气淋漓，篇篇沉甸甸的，完全是为了安妥自己的灵魂。从他的文章中也反证出他性情的忠厚和善良，可谓"吉士之文"。他或许称不上才华横溢的人，作品也不华丽，但他看似平实的文笔又很讲究，自成特点。他久居政界，行政事务冗杂，但让我惊奇的是他作品中没有腐儒气，没有官场气，也不恃才子气。

　　我以前有个错觉，以为搞文学的人都性情，从政和文学是两码事，后来事实告诉我，无论从事什么行当，关键还是人。有些文人，其实是政客，他或是进不了仕途才无奈地混迹于文坛，或把文学作为当官的另一途径，经不起任何权力带来的诱惑。而在政界，有些人却很有才情，因眼界宽，经见多，弄起文学来则比文学圈子里的人思维开放，笔力强健。

吉文君一直在党政机关工作，既能把所管辖的政务处理妥当，又如此热爱文学，刚毅而温和，理智又才情，沉稳中内心又充满激情，他活得真实，也活得从容。

面对文章论文章，当然不管作者是什么人什么身份，然而文章是能读出作者的情操、襟怀及品行的。吉文君的文章大局观突出，结构大方，行文不拖泥带水，这与他长期从事行政工作有一定关系。自从文坛有了张爱玲，小资情调的文章就很多；有了余秋雨，文化散文也泛滥。殊不知张氏和余氏之所以能开宗立派，根本的东西那是与生命相关的，是无法仿制的。语言也是这样，语言和情操有关，与学养有关，否则就暴露了自己的做伪和虚张。吉文君的文章或许很传统，不新潮，可沉着、温暖，细节真实准确，给人一种柔软鲜活的感觉。

我不是文艺评论家，但作为朋友，我早就想写点关于吉文君的文字，以上是人、文结合起来的一些个人感受。祝愿他在以后的日子里有更多的"吉士之文"问世。

2016年元宵节于槎城上园湖

（作者系《客家发现》杂志总编辑、广东省河源市文联副主席、河源市客家古邑文化研究会副会长）

真实品质的张力

——黄吉文散文印象

□林 纲

最近集中看了老黄的一些散文。忙完白天的繁杂事务之后，晚上，我就静静地待在书房里，细细地品读这些朴实的文章。

十年、二十年不经意地溜走了，但是看着这些文字，我便觉得回到了过去，回到了那色彩斑斓的年代，尤其是大学同窗的那些日子，一幕一幕又鲜活地在我眼前跳跃，好像一伸手就能触摸到。

我自然而然地想起一首名为《睡在我上铺的兄弟》的歌曲，这首歌承载了我们这一代人的青春记忆。黄吉文与我是大学四年同班同宿舍的好友。我们床铺相邻，是每晚头对头相眠的兄弟。记得刚见面时，他形容某事很好，说了句文绉绉的

"十分之好"，因而被同学们视为老夫子，从那以后，"老黄"就成了他的专称。

大学毕业后，工作和生活琐事缠身，很少再回忆过去——那些纯真年代和峥嵘岁月，因此我阅读老黄的文章时不禁生发时光不再、人事已非的感慨。一些文章里记录的时光我也曾生活在其中，它们早已融入了我的生命。我自知并无太多文采与情怀去缅怀过去，尤其是评论老黄的文章，但又忍不住想写些内心的真实感受，以作为对"淡忘"的过去的一点点"补偿"。

（一）

这是一些需要细细品读的文章，凝聚了老黄多年以来的创作心力。它包含的内容很多：有作者对当今社会各种现象的审视与见解，也有文质兼美、富于哲理的游记，更多的是对逝去时光的纪念，包括亲情、友情、自然之情和生活感悟。在这些文字里，我与作者一起回到了少年与青年时代，看到了久未谋面的许多人和事，重温了为学业、为工作而拼搏奋斗的历程；与作者一起体验着纷繁复杂的现实生活，审视社会百态，感受世间冷暖；与作者一起为教育问题而操心，为田园荒芜而焦虑，为城市冷漠而担忧……题材丰富多样，无一不渗透着作者深刻的思考。这种冷静的思考，正是这个浮躁社会所缺乏的。人们在追名逐利的时候，在享受着各种娱乐刺激的时候，是不是应该放慢脚步，回头看一看，想想那些在不经意间被遗忘的东西呢？

在老黄略带克制的笔调中始终贯穿着一种真实的品质，这种品质具有巨大的张力，扩充了想象的空间，丰富了文章的内涵，提升了文字的价值。让我感受最深刻的，是老黄对真情的描述。每每读到这些篇章，特别是写同窗之情的，我的心情总是特别复杂，有喜有悲，有时竟沉浸在回忆中不能自拔，清醒时却又觉得恍如隔世。如读《永远的泪》，就让毕业离别的感伤再一次淹没了我，那相看只有泪眼、无语凝噎的离校分手的场面，立即重现于我的脑海，眼泪又一次淌下我的脸颊。"恍惚间，五年过去了，但那晶莹的泪滴，依然挂在我的脸颊。同学们那频频挥手的身影和痛苦之极的表情、母校门口那依依惜别的情景和泪雨倾盆的场面，深深地烙在我的心中，永远无法忘却。"这同样是我的感受！所不同的是，老黄把它形成了优美的文字，感染了无数的人。

有些事情我虽然没有亲身经历，但文章中体现的亲情却让我感同身受，比如怀念父亲的《春联》《永远的谎言》，怀念外公的《缅怀的茫然》。我们都已是中年人，按理说对生离死别多多少少是了然的，可每当读到这样的文章，我依然感慨万千，有时忍不住泪流满面，心里像是压了石块，不能喘息。我们都是凡夫俗子，对生死之事必然是惧怕和抗拒的，尤其是面对至亲至爱的离开，感性总是排山倒海地压倒理性，恐怕任何时候都不能真正地释怀。我写下这些文字时心情和初读文章时一样沉重，以至于我不敢再次翻读这些文章，因为我很怕又一次沉溺于无边的伤感之中。

（二）

　　老黄散文中对由描述感情所引发的"时间"的关注与把握，让我感觉尤为值得一书。在《百年老砚》一文中，他用一方毫不起眼的砚台串起了家族五代人之间的隐秘联系。砚台作为极具古典气息的文化用品，在当下的日常生活中已不多见。而在老黄的笔下，这块作为"传家宝"的砚台被赋予了一种自然的灵气，它并没有随着人事的变迁而消殒，反而越发彰显出自身作为灵物的光辉。而作者在与砚台的朝夕相处中互相打量，通过对砚台"身世"的探究追溯到祖辈的文化足迹，拥抱了一份悠远而珍贵的翰墨气质。从物件身上捕捉到生命微光，这源于作者对时间的敏感，时间作用于无痕却刻下难以磨灭的印记，随后这印记攒聚成一束光芒。这持续的光芒被老黄用来探照他对先辈的追思、对文脉的承袭、对未来的憧憬，以及对自我生命的追问和探索。"面对砚台，就像面对长辈如炬的目光，这目光直入我的灵魂，让我不敢昏睡，不敢懈怠。"老黄运用的是最为平实质朴的淡墨笔法，然而浓郁的感情却恣肆于字里行间，令人为之动容。

　　人的痛苦往往在于想要控制时间却无力做到，所以只能试图借由各种形式与时间进行对话。"在这个速朽的世间，有多少东西能扛得起百年的岁月？一方毫不起眼的砚台，却获得了一个家族百年的敬重！又一个百年之后，这方小小的砚台，定然还会静静地伫立于我后人的书桌上，一如既往地散发着醉人的墨香……"老砚台的魅力在于，它身上本就凝结了岁月的光影，所有曾经听说过的或亲身经历过的故事都因此变得格外厚重。作家往往以不间断的书写来镌刻生命，来抵抗时间的侵蚀，作为敏感的写作者，老黄同样对时间保持着一颗警惕之心。别尔嘉耶夫说："对于生活中全部有价值的东西，我希望记忆能够战胜死亡"。老黄作品的卓越之处正在于此，重要的不是他讲出了什么，而是那些被埋在话语之下涌动的时光和情感。

在《春联》这一篇充满哀思的文章中，老黄把时间在父亲身上枯萎的痕迹描摹得异常动人："我也不知道，父亲咽下最后一口气的时候，贴春联的胶水有没有被风干。站在家门口，我平生第一次觉得鲜艳的春联红得如此张扬和刺眼，甚至有点幸灾乐祸。在哀伤的氛围里，它再贴在我的门上，无疑极为不合时宜。我默默地把它撕了下来。"在作者的笔下不仅充满叙事的诗意，更投注了细密的真情。"江畔何人初见月，江月何年初照人？"这句寄存于历史缝隙中永难抚平的喟叹重又飘浮于心，在日渐式微的物境之中，早已渗透了物是人非的感伤。当春联的制作形式由精细手写转变为机器化生产，一种"灵韵"逐渐消失在"进步的技术"中。作者发自内心地抗拒流水线一般的生产技艺，因为机械复制中缺乏"独特的个人"，而他的父亲正是这种"灵韵"的载体。随着父亲他们这代人的逝去，像"手写对联"这样美好的风物已经慢慢消失在大众的视野之中，然而有些记忆永远不会随着时间的脚步而消失，"它们只会干枯成轻盈的纪念品"，在老黄字句干净、立意澄明的散文中得以永存。

在老黄的思想深处存在着一种与时间和解的可能，而并非激烈的对抗，因为对抗这种行为在时间的缺口里显得不堪一击。正如他在《树之殇》一文中写的那样："面对泰然伸展的枝丫和笑傲风雨的蓬勃，青春的迷惘、空虚、烦恼、忧伤，都像是打在叶子上的雨水，或掉落于地上，或蒸发于空中，最后都消失得无影无踪。"

（三）

不一样的故土，同样的乡愁。在众多关切乡土之作中，老黄的文章显得别具一格。他的文字朴实无华，没有绚丽的辞藻和煽情的语气，就像一杯飘着淡淡清香的茶，清新隽永，却更能唤起读者内心切己的乡土之思、家园之恋。

从古至今，游子的思乡都是一个永恒的话题。关于故乡，有一句歌词让我印象很深："走得进故乡，走不进儿时的歌谣。"故乡，其实是很难回去的。如果仅仅指地理上的位置，那很容易，买张票，几小时就可以到了。可是当你真的回去了，当年熟悉的人、熟悉的路已遍寻不见，甚至连村口的老井也不知去向的时候，你会惊讶于故乡的陌生，也才会发现，那个亲切的、温馨的故乡，早就已经只能存在于记忆里了。说到原因，自然是社会发展得太快了，许多东西都消失在建设的潮流中。更何况是原本偏僻落后的农村，人们为了舒适的生活，当然会更努力地进行着各种改变。很多人应该在网上看过类似的照片：在某发达国家，一些人在同一地点，相隔十几年甚至几十年的照片，背景一点没变。这在中国不管是城市还是农村，都几乎是不可能的。

在《故园》一文中，老黄是个心里日益变空的乡村文明的观察者，将对家园深沉的关切之情诉诸笔端。在把丰富的想象与现实相联结的同时，老黄一直敏感于时间的作用力。"塌方将路径断成两截，正如某种东西隔断了我与故土的命运关联。我与故土的疏离，自从我年少负笈外出求学时起，就已铸成。生命中有太多的牵牵绊绊和无法自主的东西，纵然有再多的眷恋与回望，我也无法接续已然断裂的脐带，再回到从前。"当老黄把目光锁定在这种既定的世事变迁而感慨于无力改变时，时间完成了对个体生命的一次催化，使得故乡在他的笔下成了复杂情感的载体。

在这些散文里，老黄无意重构了一个完整的世界。他是勤奋与天赋并存的作者，时间无法铐住他的思维，反而给他让出了一条通道，经由这条时光的碎石铺就的通道，老黄独自步入了一个更为幽邃的他方世界。

（四）

老黄有一双独特的眼睛，他对社会的观察总有他的独到之处。对社会或生活现象审视和反思的文章如《火车往事》《沉重的书包》《城市的鱼儿》《闹市中的一段路》，等等，都着眼于身边事，甚至是毫不起眼的小事，但是善于观察的他却从中悟出了生活的道理。由短斤缺两的小商贩，他想到了"那些不择手段而日进斗金的大奸"，指出"唯利是图、法制孱弱的社会，是诚信稀缺、人人自危的丛林，包括奸商本人在内的任何人，都免不了成为奸商爪子下的猎物，都免不了成为奸商敛财的牺牲品。在这样的生态中，人们已经付出了高昂的代价。"（《但愿儒商涌流》）儿子沉重的书包，引发了作者对当下教育的反思和忧虑："在素质教育的旗帜高高飘扬的当下，小学生的书包尚且如此之重，倘若连这句口号都没有的情况下，他们的脊梁是不是要更加弯向大地？"（《沉重的书包》）

　　"好多年之后，我重访旧地，竟然发现最惦念的柚子园已经荡然无存，连一丝痕迹也没有留下，心中遽然腾起浓重的失落感，时至今日仍耿耿于怀。"（《树之殇》）作者中学时的柚子园，一个为校园增添了绿色生机与童真乐趣的地方，一个承载了众多学子珍贵回忆的地方，最终竟也被水泥地代替，不得不让人叹惜。虽然整修过的校园（其实也包括全国许许多多类似的地方），确实变得高档了，更加现代化了——这一定让改造者们特别有成就感，但是他们不理解的是，很多宝贵的东西也随之失去了。尽管我们生活在不同的地方，但是面对的却是相似的情景。速度过快的城市化抹杀了童年的快乐，也带走了承载儿时记忆的草木、山河、田野、宅院。

　　老黄关于童年的回忆也让我想起了自己的童年，那时的我们应该是相似的，物质贫乏精神上却是富足的。不管是乡村还是城市，差距似乎不是那么大。城市里大家也是挨着住，夜里不用锁门，白天干活的干活，傍晚串门聊天，少了什么东西只要向邻居开口就行，只要对方有，没有不借的理由。现在我们似乎也是相似的，生活在灰色的天空下，回家躲在鸟笼一般的小宅里，住了很长时间不知对门是谁，过着老死不相往来的生活。诚然，现代生活比以前便利了很多，但城市的节奏之快、压力之大、人情之冷漠，也是不可回避的现实。为什么交通发达的情况下，我们走在路上却更加提心吊胆了？为什么同一栋楼住了十几年，却叫不出邻居的名字？为什么孩子们的作业越来越多，书包越来越重，欢笑越来越少，却未必比父辈们学得更好？这恐怕是现在每一个"都市人"的共同感受吧。有些人试着逃离，但更多的人想挤进这神秘而又充满诱惑的"围城"之中。老黄深入思考了来自生活的种种沉重事实，又竭力让这些事实变得轻盈，从而抵达了一种"羚羊挂角"的创作境界。

（五）

老黄乐意呈现生活中那些真正对他产生影响的事物。在叙事的宽度和抒情的强度相结合的散文创作中，他得益于自身的习惯良多，比如他有收藏和阅读旧信的习惯，有嗜书如命的爱好，更有着对故土的无限追忆、对社会人生的深刻思考。除了对现代生活的某些方面进行批判与思考之外，我们还可以感受到，他具有一双发现美的眼睛，这些散文同样呈现给了读者许多美好的事物。

在细腻优美的文字里，有历尽沧桑、风雨斜阳中的古屋老宅，有一元复始、万里晴空的北国之春，有圣洁明净、含情脉脉的故乡明月，有催人奋进、斗志昂扬的升旗仪式，有清澈见底、襟怀坦荡的世外清潭，有明眸善睐、浩瀚无垠的灿烂星空……这些文章，不仅使人有身临其境之感，更能给人启迪，发人深省。

"潭水碧绿如玉，绿得诱人，在阳光的照射下，涌动着一层迷人的光，令人神情恍惚，真想融入这一池浓绿中，成为这碧玉的一部分，永远厮守着这个激情澎湃的瀑布。"（《尘外"碧玉潭"》）在老黄笔下出现的，可真是一个漂亮的世界，就像琉璃落在瓦面之上，既清冷，又明亮。当心灵拂去世俗的尘埃之后，人便能无限地与自然相贴近。

胜景总是隐匿在人迹罕至的深幽之境，原生态的景观在今天更是如同凤毛麟角。当下散文写作中对于此类题材的挖掘可谓是层出不穷，而老黄的可贵之处在于，他的创作通向一种和谐的"物我联系"，而非私我性质的"物我参照"，外物与自我是平等交融的，而非作为"自我"的一个参照对象而存在，因此他的游记类作品具备了一种思想上的"敞开性"，意境也显得更为圆融通透。他在和大自然的种种互动中与万物相融合，在万物有灵且美的氛围中追求心灵的自由与成长。虽然在这里看不到心灵的冒险，却能欣然发现，作者经由写作之径自然而然地与万物汇合成一泓生命的清泉。"世之奇伟、鬼怪、非常之观，常在于险远，而人之所罕至也。"从这个层面上来看，写作正是生命的另一条探微幽径。

一轮明月，在老黄的笔下既是一个充满诗意的意象，也是一个特别的世界。"月色像水一般轻柔地铺满群山、草木、庄稼、沟坎，它是那么轻那么柔，以至秋风吹过时，我分明感觉它在起伏飘动。""这是一个朴素乃至原始的夜晚，远离山外的喧嚣和辉煌的灯火，没有电视的嘈闹，没有手机的打扰，没有网络的诱惑，只有一丝清风、一轮明月，却让我感到非常陶醉和满足。"（《故乡明月》）在如斯纯净的世界里，我一次又一次地与记忆中的老黄相遇，并且完全沉浸于他的精神世界里。

（六）

我一向认为文章是要找知音的，不管作者与读者是否认识，只要他们能在文章里相遇，能在文字中交流并获得心灵的认同，这样的文章就是好文章。我每每读到老同学的文章总不免要感慨，仿佛这些经历就是我的经历，这些感受就是我的感受。虽然我们都是普通人，并没有让人仰望的名号，但并不妨碍我们以自己的心和笔写下岁月给予的馈赠和自己的心路历程，给自己看也好，给别人读也罢，这是我们的权利。

文章贵在"真"字，只有真实、真情才能觅得知音，才能感染读者。这个"真"字，恰恰是老黄的文章最鲜明的特点，我读这些文章时就经常被这种"真"所感染。沉浸在阅读之中，我会忘记琐事的烦扰，静静地与老黄一起回味过去，细细地梳理那些美好或是艰辛的光阴。这样的时光现在越来越少，也越来越珍贵了。

老黄在大学时期就坚持记录身边的小事，喜欢从这些小事中体悟人生的道理。善于思考的人一定是理性的人，对于身边的事物总是保持着一份谨慎，警惕着俗世"潜规则"的污染，内心总能保持自己的底线，时刻警醒自己。现代社会有太多的物质诱惑，导致我们精神贫瘠，内心保持"童真"的人真的越来越少。但是喜爱散文、善写散文的人，内心一定存有一份宁静，不被庸人扰，不被世俗烦。尽管随着时代的变迁，不论是故乡还是我们自己，都不可避免地发生着改变，但有些东西仍然是有永恒存在的价值的，譬如一方砚台、一封书信、一句家训、一声牵挂……希望在延续血脉的新生命那里，能将它们永久地传承下去，一代一代，永远珍视。《百年老砚》这篇文章里有一句话令我印象深刻："在这个速朽的世间，有多少东西能扛得起百年的岁月？"我想，这世间虽是速朽的，但是能扛得起百年岁月的必定是"真"的东西，因为人们内心深处无时无刻不在渴望"真"，一切伪善的东西一定会被揭穿，注定经不起岁月的考验。

（七）

如果要从鸡蛋里挑骨头的话，我认为老黄的有些文章还可以更为深入地分析和更加广泛地拓展，这样会更显深度和张力。一些与社会现象相关的文章，如《沉重的书包》《城市的鱼儿》等，作者从身边的小事看出了社会的大问题，这是非常好的视角，但是我感觉叙述有些琐碎，不如更简练一些，对这些社会现象的分析也有待更深入的挖掘。另外个别文章的用语稍显愤青色彩，似乎可以运用白描手法隐含这种情绪。这是我的一点拙见，未必正确。

"我们最后总会坐在石阶前，把雨滴和青草编织成河流"。老黄用他二十年如一日的创作，开掘了一条心灵之河，我们眼下看到的这些文章，是飘荡在这条河里的一片片风帆。

在本文的结尾处，我把卡瓦菲斯的诗歌赠予老黄："愿你的道路漫长，充满奇迹，充满发现。"

2015 年 5 月写于徐州云龙山下

（作者系江苏师范大学教授，博士，硕士生导师）

后　记

　　文学于我自少年时起就是梦想，但我不是勤奋的作者，更不是作文的高手，所以写作上乏善可陈。说到出书，真的是惴惴不已，权衡再三。最终之所以鼓起勇气将自己写的一些文字结集付印，是为了对自己此前的写作做个简单的小结，更是为了将作品集中起来以便向众方家请教。

　　在一些文章的写作过程中，特别是本书的策划和整理过程中，得到了李泰然、王雁峰、张安平、林纲、赖劭华、蓝瑞宜、戴珍、米永霞、陈小玲等众多前辈、老师、老同学、文友的指导和帮助，特别是林奕涛老师，不但给予了具体的指导，还在百忙之中抽空为本书作序，并题写了书名，在此谨向他们致以深深的谢忱！

　　由于水平有限，本书定有诸多不足之处，倘能得到您的指点，不胜感激！

作　者

2017 年 8 月于河源